华语网络文学研究

7

浙江省作家协会　浙江省网络作家协会　编

ZHEJIANG UNIVERSITY PRESS
浙江大学出版社
·杭州·

图书在版编目(CIP)数据

华语网络文学研究.7 / 浙江省作家协会,浙江省网络作家协会编. —杭州：浙江大学出版社，2023.12
ISBN 978-7-308-24213-4

Ⅰ.①华… Ⅱ.①浙… ②浙… Ⅲ.①华文文学－文学研究－世界 Ⅳ.①I106

中国国家版木馆 CIP 数据核字(2023)第 180112 号

华语网络文学研究 7
浙江省作家协会 浙江省网络作家协会　编

责任编辑	牟琳琳
特约编辑	俞丽芸　韩　佳
责任校对	汪　潇
封面设计	周　灵
出版发行	浙江大学出版社
	（杭州市天目山路 148 号　邮政编码 310007）
	（网址：http://www.zjupress.com）
排　　版	浙江大千时代文化传媒有限公司
印　　刷	杭州宏雅印刷有限公司
开　　本	880mm×1230mm　1/32
印　　张	6.875
字　　数	159 千
版 印 次	2023 年 12 月第 1 版　2023 年 12 月第 1 次印刷
书　　号	ISBN 978-7-308-24213-4
定　　价	68.00 元

主　　编　　晋杜娟

执行主编　　夏　烈

编　　委　　（按姓氏笔画排序）

马　季　　王　祥　　毛晓青

庄　庸　　许苗苗　　肖惊鸿

吴长青　　陈定家　　邵燕君

欧阳友权　周志雄　　周　敏

段廷军　　夏　烈　　黄鸣奋

曹启文

目　录

西湖论剑

从小说到电影与新书写载体革命

梅国云

进入信息化时代后，通过影视媒体获取信息已经成为人们的首选，无论你多么热爱读书，看文本的兴趣早已让位于视频。现在文学期刊的处境很尴尬，省级期刊邮局订户超过5000的凤毛麟角，有的甚至不过千。进入出版社发行渠道的文学书籍，也只是扳着手指头都可以数得过来的少数作家的作品。

有人会认为现在人们很少看纸质小说，是因为电子图书更方便阅读。如果我们点开"掌阅"，除了网络文学之外，还能保持一定人气的，只有古典名著和现当代极少数经典之作。2019年12月17日，曹雪芹的《红楼梦》的粉丝订阅量是4636，施耐庵的《水浒传》是4025；现代作家里，《张爱玲全集》是2257，沈从文的《边城》只有38；当代作家里，路遥的《平凡的世界》是1920，贾平凹的《极花》是1.2万，苏童的《万用表》是213。看了一大圈，只看到余华的《活着》订阅量达25.1万，陈忠实的《白鹿原》达19万。

从杂志社、出版社到网络平台，出现这样的局面，意味着不仅大众阅读急剧萎缩，精英阅读同样如此。

如果说是作家出了问题，这实在冤枉了他们。当今的社会比历史上任何时候都丰富多彩，作家的视野或许比历史上任何时候的写作者都更为开阔，技巧或许更为熟练，怎么可能写不过古人？

这是人类进入信息化时代的一个重要特征，表明人类书写的载体及阅读方式正在发生根本性的不可逆转的改变。

我们不妨往历史纵深处回溯一下。人类在没有文字的时候，只能通过口头进行文学性表达，文字出现后，龟甲、兽骨、植物的皮和叶、石头等都是表述文学的载体。在河南安阳小屯村出土的十多万片龟甲和兽骨，记录了商朝的重要事件，蔚为壮观。殷墟发现的一块残骨，上面就刻有关于某次战争战绩的记事残文，被甲骨文学者称为"小臣墙刻辞"。其中有一条卜辞说："辛未卜，争贞，妇好其比沚伐巴方，王自东探伐，戎（陷）于妇好立（位）？""争"是管贞卜的人的名字，意思是，让妇好和某某一起去征伐巴方，而王则亲自从东方深入进击巴方，敌人会陷入妇好的埋伏吗？字虽然不多，但所包含的意思已经相当丰富。那个时候虽然有了甲骨这样的载体，但文字毕竟只有贵族、占卜者等极少数享有特权的人掌握，普通民众根本看不到，也看不懂，大众依然只能进行口头表述与交流。及至竹简出现，文学书写的载体才在传播上发生重大飞跃。大量的民间歌谣、神话故事通过竹简四处传播。《离骚》《史记》都是通过竹简传播开来的。

生产力始终是社会进步的决定力量。东汉初期，宦官蔡伦试着用竹片、树皮、麻头等物品作为原料，经过反复试验，做出了纸，纸不仅白，而且光洁度高，韧性还出奇地好。他当时真没想到，这居然成为人类文明史上的重大事件。从此，纸作为文字书写的载体，一直延续到今天。

21世纪，人类进入信息化时代，特别是在移动互联技术不断发展成熟后，文学的书写载体渐渐与纸张分离，就如当初有了纸，竹简渐渐就被淘汰了一样。屏幕将原本表达具象生活的抽象文字，还原成了具象画面。作家在纸上写"美女"二字，到了屏幕上就成了能歌善舞的窈窕女子；作家在纸上用文字表达一个故事，到了屏幕上就成了一群人的爱恨情仇。从纸上文字到屏幕上的影像，小说书写载体形态一直在进步。导演用摄像机"写"文学，最终将文学文本变成屏幕影像。

人类发明电影，正是人类小说书写产生新载体的重要信号，其深刻的革命性意义就跟纸的出现一样。

在饭局上，如果碰到一位编剧，一桌人都会投来仰慕的目光。这些年，我们身边的编剧却随处可见，如果把搞短视频的也算上，可以说是多如牛毛。现在，越来越多的传统作家进入影视界，并不是改行，而是换书写载体，就如有了纸张而放弃竹简一样。

有人说，电影永远没有印在纸上的小说富有文学性，主要有两个原因。一个原因是文字描述的不可言状的东西，不可能通过影像表达。这很可笑。遥想远古，文字出现后，当专事说书的人看到有人把故事往甲骨上刻的时候，是不是也会说，这刻出来的字，冷冰冰的，哪里有我讲得精彩？而今书写的载体进步了，真不可以简单随意地下影像表达不如文字的结论。观看影像带来的神奇的体验，有时是阅读书本永远无法实现的。另一个原因是资本会使电影失去文本的文学性，电影必须迎合大众的口味。如此，作家在电影创作过程中，就会失去知识分子的精神担当。其实小说出版背后也有资本的推动。作家一样会跟出版社在版税问题上讨价还价。出版社会建议作家选择创作主题，赢得市场。电影有没有文学性，与影像技术毫无关系，让电影失去文学性的，是资本。

据说莫言把自己的小说《红高粱》改编为剧本后，又与人一起给电视剧《哥哥们的青春往事》和《红树林》写剧本。某一天，他忽然警惕起来，心里生出"文学好了，导演自然会看上"的感慨。有人说，假如莫言不警惕，就不会有后来的诺贝尔文学奖。其实莫言警惕的是资本，并不是影像技术。

从趋势看，未来的影视不只可以观看，还会有触感（4D已经实现），总有一天，作家构思到哪儿，全息影像就会出现在哪儿，你想到谁，谁就会来到你的面前，你想到什么美味，酸甜苦辣就会刺激到你的味觉。现在的生成模型技术，可以生成文学想象里并不存在的东西。生成模型技术主要体现在两个方面，一个是生成器，一个是判别器。生成器和判别器在不断进化中相辅相成。生成器是为了"欺骗"判别器，让判别器判别不了。而判别器就是为了找生成器的"毛病"。两者最后实现平衡，便可以"乱真"。

AI可以将正在奔跑的一群马全部变成斑马，可以将文字全部转化成语音。比如，几年前还是机器人僵硬地一个字一个字往外蹦地念小说，现在已经转变为你崇拜的明星读小说。不仅如此，AI技术还可以生成人脸和表情。在最近的一次文化活动中，观众就和已经去世很多年的邓丽君全息影像进行了互动交流。一些大型表演，舞台上瞬时出现许多舞者，就是全息技术的功劳。未来技术进一步发展后，使用门槛就跟家里购置一部电脑一样低了，作家们的创作就完全是另外一种景象了。你虚构出来的故事，可以变成图像。你故事里的女主角就在你身边站着，你可以叫她换一件又一件漂亮裙子，直到完全符合你作品里女主角的气质。有了这样的创作乐趣，谁还会枯燥地通过码字来完成一部小说？

但纸质的书永远不会消失，正如茶馆里的评书。在文字没有产生的时候，人们就口口相传讲故事了，直到现在还有人喜欢坐在茶馆里听说书人讲武松的故事。未来，捧一本书，燃一炷香，泡一壶茶，仍是一些人的生活方式。

作家是构建未来的天生的幻想家，也会成为影像技术最熟练的应用者。我深信，未来构成影视编导队伍的人员，主要是作家。

梅国云，作家，海南省作家协会主席、海南省文学院院长。

作家研究

传统因子在网文时空结构中的渗透

——以《二哈和他的白猫师尊》^①为例

胡　晴

　　这部小说的名字《二哈和他的白猫师尊》（以下简称《二哈》）是劝退我的一大理由，容易令读者望而却步。坦白讲，就小说本身而言，在大神辈出的网文界，作者的笔力文采都称不得上乘，但这本书能够吸引读者，而且目前影视化项目也已经启动^②，为广大读者所期待，说明它在讲故事方面有其独到之处。在此，笔者从传统文化因素传承的角度稍微谈一些自己的感想。

---

　　① 发表于晋江文学城，http://www.jjwxc.net/onebook.php? novelid ＝ 3192481。

　　② 《皓衣行》由企鹅影视、獭獭文化联合出品，何澍培执导，陈飞宇、罗云熙主演。该剧改编自小说《二哈和他的白猫师尊》，讲述了在天裂灾难此起彼伏的时代，"天下第一宗师"楚晚宁和他的弟子墨燃以守护苍生为使命，不忘入世扶道的初心，倾力消弭天裂，护佑众生的故事。

11

一、时空结构的逻辑自足

随着佛教在汉代传入中国以及道教在中国的发展，三界以及佛家的六道轮回、道家的五道轮回等世界观，打破了中国传统哲学思维尤其是儒家思想重生不重死的格局，扩大了中国小说的想象世界，使之翱翔在更为广阔的时空维度。重生转世在中国传统戏曲小说中并不是新鲜的内容，比如杜丽娘开棺还魂、庚娘死而复生等等，因果报应更是屡见不鲜的主题，比如六朝志怪就多"张皇鬼神，称道灵异"[①]的内容，运用因果报应来叙说人物命运的合理性，大旨在劝善惩恶。而这样的文脉在网络小说中大行其道，并被各路"大神"以天马行空的脑洞装点得更加恣肆充盈。

（一）整体时空观——平行时空

《二哈》以丰富的想象力重新构建时空逻辑，在当下以想象力称雄的网络小说中并不鲜见，笔者阅读之初也以为这仅是部简单的重生小说，无非弥补前生种种，快意恩仇，如此而已。但随着情节的演进，笔者发现小说的时空建构重点不在重生，而在于两个时空的平行、穿梭和打通。这个故事的开始有着复杂的因果关系，简言之，处于平行时空之一的墨燃被种下"八苦长恨

---

① 鲁迅在《中国小说史略》中说："中国本信巫，秦汉以来，神仙之说盛行，汉末又大畅巫风，而鬼道愈炽；会小乘佛教亦入中土，渐见流传。凡此，皆张皇鬼神，称道灵异，故自晋迄隋，特多鬼神志怪之书。其书有出于文人者，有出于教徒者。文人之作，虽非如释道二家，意在自神其教，然亦非有意为小说，盖当时以为幽明虽殊途，而人鬼乃皆实有，故其叙述异事，与记载人间常事，自视固无诚妄之别矣。"鲁迅：《中国小说史略》，上海古籍出版社1998年版，第37—38页。

花",因而心中的善念消退,怀着无限的恨意与怨念,尤其对师尊楚晚宁存着极大的怨恨,凭借超强灵力毁天灭地,悍然与当日恩师挚友为敌,覆灭了一众修真门派,自立为修真界的帝王——踏仙帝君,将所处时空化作红莲地狱,造下恶孽的墨燃最终也自戕而亡。随后,另一个时空的故事开始,这里的一切还在墨燃犯下滔天罪恶之前,他带着另一个世界的记忆重生,在死生之巅修行,怀着赎罪之心锄奸救世,终成一代宗师,"八苦长恨花"的诅咒破除了,扭曲的爱恨复归原位,而裹挟其中的各色人物的命运纠葛也颇为震撼动人。

两个时空有着相同的人物,相同的人物因为不同的人生选择而拥有不同的人生,这样的故事模式曾经在许多电影中被使用,用以丰富讲故事的手段。比如《罗拉快跑》就是其中的经典名作,罗拉的每一次奔跑都开启了一个时空,带来不同时空的不同人物命运。[①] 中国古代小说中虽然没有平行时空的概念,但类似的表现模式还是非常丰富的,其中尤为突出的是梦境描写。中国古代文学作品往往能够通过梦境幻化时空,开启小说人物的另一段人生旅程,实现另一种具有讽喻性的可能,入梦成为作者操控时空的一种方式。比如,"黄粱梦"或"南柯一梦"就是以梦境创造另一时空的结构典型,此类故事版本众多,突出的是唐传奇中的《枕中记》《南柯太守传》,后来明代汤显祖"临川四梦"中的《邯郸记》与《南柯记》是对这两个故事的改编,而其主体故事大致类似,即落魄书生借助某种方式进入梦中世界,开启另一段人生旅程,一反现实的不得志,梦中加官晋爵、封妻荫子、人生

---

① 何溪:《蝴蝶效应、平行时空理论与电影结构——多种可能性罗列式电影叙事结构模式探析》,《齐鲁艺苑》2008 年第 2 期。

美满,与现实形成鲜明的对比,由此形成对现实的讽喻。这种以梦境开启新时空的方式,在《红楼梦》中发展得更加纯熟,《红楼梦》以梦为名,而第五回贾宝玉梦入太虚幻境是小说提纲挈领的重要章节,虽为入梦,却完全真实如第二人生。宝玉的梦境体验宛如另一种平行时空的安排,在梦境中的人生遭际正是在书写另一个自己的不同人生选择。无论是黄粱一梦还是红楼一梦,最初都是作为传统士人躲避战乱与人生忧思的避难所,展现着现实与理想的碰撞与疏离,实现对时空的操控与隐喻。当下的作者将疯狂而绮丽的想象注入其中,延续了这种天真与浪漫。

不同于一般平行时空互不干扰的状态,《二哈》这部小说中的平行时空存在着关联,时时互相影响,打通时空的就是三大禁术之一——时空生死门。时空生死门的神奇之处在于不仅改变了空间位置,还改变了时空维度,能够帮助人穿梭于并行存在的两个时空。不过时空生死门的打开并不像哆啦A梦的任意门那么轻松如意,每一次开启都必然付出巨大代价,也势必对两处时空产生难以估量甚至毁灭性的打击。作者脑洞很大,完全是天马行空、自由自在,把前世今生的轮回与两个时空嫁接在了一起,一个世界的人物带着自己世界的记忆,穿越时空生死门来到另一个平行世界,甚至要面对另一个世界的自己,其间振动翅膀的蝴蝶效应又影响着两个时空的命运。

随着两个时空的联通,平行时空的存在不再是少数几个人的秘密,不同世界相同的人们在末世之际,奋力一搏,逆天改命,救赎了自己。上一世的师昧为了铺成通往魔界的回家之路,不惜利用墨燃操控棋子,以血肉白骨铺架道路,甚至在自己的时空毁灭殆尽之际,洞开时空生死门继续操控另一个世界的百姓。最终,与魔族的危险交易并没有挽救蝶骨美人席一族,师昧带着不甘灰飞烟灭。两个时空的修士合力封印关闭了时空生死门，虽然一个时空彻底归于鸿蒙，但另一个时空终于恢复正常。"天地为炉兮，造化为工；阴阳为炭兮，万物为铜"，当万物如初，曾经为之拼杀的人们或归于尘土，或泯然世间，岁月的车轮继续缓慢前行。

（二）具体故事段落——珍珑棋局

在这部小说中，重生之术、珍珑棋局、时空生死门，都得到了实现，而且在小说的情节发展中起到了重要的作用，时空生死门在两个世界的交错中发挥了至关重要的媒介作用，实现了两个时空的平行穿梭，从而整合了小说的时空观。珍珑棋局则是在更多小的故事单元中操控局面的手段，使人生出亦真亦幻的虚无与感悟。

提到珍珑棋局，相信很多人印象颇深的是金庸先生《天龙八部》中的珍珑棋局，虽然《天龙八部》中提到的是一个实实在在的棋局，但其中寓意颇深。苏星河摆下珍珑棋局，邀天下豪杰破解，目的是为逍遥派寻一位英才继承门派绝学，聪明如段誉，精深如范百龄，再如慕容复、段延庆等，都是绝世高手，但都没能解开此局，反而是各方面都平平无奇的虚竹无心乱下切中了棋局"向死而生"的奥义，最终破局成功。虽然设下棋局的无崖子期待的英雄人物是乔峰，无奈之下只能将毕生绝学传授给了并不中意的接班人虚竹。无论布局者还是下棋人，最终都难免成为局中棋子，被命运推向不可知的方向，产生强烈的宿命感，正所谓"一局输赢料不真"，"人心无算处，国手有输时"。

这部小说中的珍珑棋局，作为一种禁术，简单说来就是将人炼制为棋子，随施术者任意操纵，墨燃、徐霜林均能驱动他人，视人命如草芥，为所欲为，造业无穷。棋局，本身就有身不由己、为人操控的寓意。珍珑棋局几乎囊括了《二哈》中的所有重要情节段落，从早期金成池神武棋局、桃花源羽民棋局、彩蝶镇天裂棋局，到后期接近真相的儒风门覆灭棋局、蛟山棋局，以及最后的蝶骨归家之路棋局。珍珑棋局造出的一个个幻境，不仅是暗算的陷阱，也是人物之间因果遭际的悄然铺展，更是入局者真心的试炼场。比如，金成池神武棋局，隐含了勾陈上宫铸造神武镇压魔族的故事，隐含着蝶骨美人席祖先的叛逃，也是整个故事的开端。桃花源羽民棋局，楚晚宁、墨燃进入古临安试炼，见到与楚晚宁形貌类似的楚洵。楚洵因被小满出卖，痛失爱子，又被众生献祭鬼王而惨死。这段惨烈故事隐含着楚晚宁的出身。楚晚宁本为炎帝神木，被怀罪（也就是当年的小满）寻来，塑造成类似楚洵的形貌，只为培养其灵核做楚洵之子的替身。

　　一次次打破棋局是对宿命的抗争与挣脱，破局的关键就在看破。彩蝶镇天裂棋局在两个时空都曾发生。上一世，墨燃误会楚晚宁不顾徒弟生死，对师昧见死不救，始终对其抱持着最深的怨恨与误会。这一世，天裂再次发生，楚晚宁依然是那个挺身而出修补天裂之人，最终为救墨燃牺牲了自己，证明了自己的无私无畏。墨燃经历两世，终于冲破前世的迷雾遮蔽，看清师尊真正的心性与自己前世的偏狭，幡然醒悟。蛟山棋局，南宫驷为了避免蛟山被徐霜林控制，跳入龙魂池，以自身骨血加固家族血契，救了杀入蛟山的一众修士。他本可以杀了卑鄙丑恶、丧失心智的父亲，投入龙魂池完成血契，可是父亲留在他童年记忆中的温暖印象让他无法做出残忍之事，唯有献上自己的一腔热血，尽力为之，无愧于心。虽然人生往往如棋局般充满虚无与宿命，人类看似如棋子般渺小无助，但向往自由自主是人的本性，无论付出如何惨痛的代价，也要直面与主宰自己的命运，这是棋局故事段落的真义，也是小说给人希望的地方。

二、神魔人鬼的世界想象

说到修真世界的秩序，我们不禁想到修仙小说的鼻祖——还珠楼主的《蜀山剑侠传》。这部小说创造了一个远离尘嚣的世界，修仙界与人界分而居之，纵横捭阖，充满想象力，可以说当下网络修真小说的格局套路在这部小说中已大都完备。

相比之下，《二哈》的世界更为杂糅，不仅描写了修士与凡人的区别，也描写了人鬼两界的争斗，还包含着神、人、魔三族的纠葛。

（一）分层的修真世界

《二哈》中的修真世界是个阶级壁垒森严的世界，与人界分而居之，却又充满了世俗的人情。修真界有着上下之分，上修界享受着最强的灵气资源，强手如云，有十大门派，以临沂儒风门为尊。上修界没有天裂，修士和百姓不必直面惨烈的战斗与牺牲，修士们享有高高在上的荣耀。相比下修界的动荡不安，上修界是一片高大上的升平景象，却孕育了贪婪丑恶。身为第一大门派的儒风门自上而下一盘散沙、硕鼠成群，"煌煌儒风七十城，宁无一个是男儿"。最终，因为掌门南宫柳的贪婪和罪恶，史无前例地开启了上修界的天裂，引发一场真正的浩劫，煌煌儒风门一夕尽成焦土，上修界因此分崩离析，不复往昔。

下修界则是另一番光景。下修界生存条件恶劣，泉水通着鬼界，会发生天裂，妖魔鬼怪时时进入人界为乱，修士须挺身而出冒死拼杀，甚至学会与鬼怪共处。死生之巅就是下修界门派之一，创立者薛正雍兄弟以守护下修界苍生为己任，竖起屏障顽强对抗着鬼界。经常发生天裂惨祸的无常镇、彩蝶镇都由死生之巅守护。为了生计，下修界门派也会向百姓收取保护费，但价格比上修界要低很多。下修界门派没有高高在上的架子，与百姓同甘苦，甚至还会很"接地气"地帮助百姓收麦子。死生之巅的尊主薛正雍是个极具特色的人物，浓眉大眼，相貌粗犷，却手持一把文人扇，对着外人的一面写着"薛郎甚美"，对着自己的一面则是"世人甚丑"，扑面而来的是浓浓的自恋味道。这个有些滑稽的尊主比任何上修界掌门都心怀苍生。他在天音阁蓄意构陷之际，在曾经受门派恩惠的百姓都倒戈相向之时，为保护死生之巅的声誉，为保护爱子薛蒙，力战而亡。

死生之巅承受了世人同仇敌忾的所谓"正义"声讨，正如小说中所言，"这世上有多少人，是借着'伸张正义'的旗号，在行恶毒的事，把生活里的不如意，把自己胸腔里的暴戾、疯狂、惊人的煞气，都发泄在了这种地方"。明知"世人甚丑"，是否还要坚持？是否还能坚持？死生之巅的年轻一代给出了肯定的答案。薛蒙迅速成长，死生之巅弟子重新聚合，在修真世界发挥巨大作用，在大劫难之后成为第一大修真门派。死生之巅的屹立不倒，是充满理想性的一抹亮色。

（二）人界与鬼界

鬼界充满恐怖与神秘，但其中也包含着人们对身后公平的期待。《聊斋志异》中有很多关于鬼的故事，其中不乏引起恐怖观感的内容，这种感受源自对鬼所代表的死亡的恐惧，如《尸变》《莲香》等。但也有即使心怀恐惧依然力图追求公平正义的抗争和努力,如《席方平》写的是席方平入冥府为父申冤,身受酷刑而不屈,森森鬼吏也要赞一声"壮哉此汉"①。再比如《喻世明言》中的《闹阴司司马貌断狱》也是典型的一篇,司马貌代替阎罗判断各位历史人物,根据所行善恶,令韩信、彭越、英布分别转世为曹操、刘备、孙权,三分汉家天下,令刘邦托生为汉献帝,受曹操威胁,了却各人前生因果。

《二哈》作者对鬼界的描写不像前述专写鬼怪的小说故事那般深入,但基本路数和想象均取材自中国传统小说,并无特异之处。鬼界是给人恐怖冲击的所在,小说中一再出现的天裂是鬼界对人界的入侵,各类鬼怪窜入人界为祸众生,百姓深受其苦。修士挺身而出,为苍生福祉与鬼界抗争。

楚晚宁在彩蝶镇补天裂,为救墨燃耗尽灵力而死。神秘的怀罪大师对楚晚宁施重生之术,小说在此对鬼界有了较为集中的描写。怀罪施行重生之术,需要三位弟子配合,他们自愿持引魂灯寻找楚晚宁三魂中的人魂,然后再入地府寻找地魂。墨燃最先寻得了楚晚宁的人魂,前往地府,由此展开对鬼界的详细描写,这是《二哈》体系建构中的一环。地狱分为十八层,生前罪大恶极者不能停留在第一层进入轮回,将被判入下层地狱受酷刑惩罚。作者略去了与主线情节无关的下层地狱景象,主要展现了地狱的第一层——南柯乡,在这里,鬼魂还存着上一世的记忆,等待十年八年,洗去前世记忆,进入轮回投胎,因此聚集在南柯乡的鬼魂大多因循前世的记忆生活着,这里的景象既有妖异的鬼气,也存着人世的烟火气,有家门宅院,有昏暗摇曳的鬼市,

---

① 于天池:《恐怖的诗化和诗化的恐怖——论〈聊斋志异〉的恐怖审美情趣》,《〈聊斋志异〉研究》2003 年第 2 期。

有阴沉寂寥的病魂馆,有气派森严的鬼王宅邸,甚至还有抚慰鬼魂思乡之情的食肆。这里的鬼魂有卑鄙无耻的,有胆小怕事的,也有善良热心的,还有各种鬼兵、鬼卒、鬼官僚,贪污敛财更甚人间。如此看来,鬼界无非是对社会现实的影射,只不过剥去了人间虚伪浮华的表象,将人的贪欲、恶念更肆无忌惮地放大呈现出来,如擅长写鬼的蒲松龄所说"金光盖地,因使阎摩殿上尽是阴霾;铜臭熏天,遂教枉死城中全无日月"。

(三)神魔传奇

中国传统小说中常出现下凡—历劫—飞升的情节,仙凡转化,儒家推崇的道德,佛家推崇的因果,道家推崇的修仙都在其中融合。修仙小说、神魔小说如此,比如常被提起的《女仙外史》《封神演义》《西游记》等。其他小说也大多有神话楔了、仙凡转化的因果,比如《说岳全传》,金兀术是下界扰乱宋氏江山的赤须龙,而岳飞则是佛祖护法大鹏金翅明王,秦桧为虬龙,其妻王氏为女土蝠,大鹏曾经啄死女土蝠,啄瞎虬龙,遂结下前世仇怨。《镜花缘》中的唐小山是百花仙子应劫托生,座下诸花仙也都转世为人应劫。化身再生是上古神话即出现的母题,如《山海经》中女娲、夸父等都以自身的转化奉献实现了再生不朽,而精卫再生为鸟则更接近后世所说的转世重生。

世人对鬼、神有着不同的态度。神凌驾于人之上,人需心怀敬畏,神明能庇佑信徒,惩罚不敬者。《搜神记》中《丁姑》《董永》的故事,都在强调善恶有报,神明庇护。而人一直渴望成为神,因此有修仙故事、修仙小说的出现。人对鬼的畏惧之情,更甚于神,但并无敬畏信仰之情,同时,人相信鬼是可以战胜的,靠着人的智慧和勇气能摆脱困境。在中国的传统小说中,魔的地位类似于鬼,令人畏惧,同时,神与魔既相互对立又可以相互转化,比如《西游记》中就有不少上天为神、下界为魔的例子,昭示着神与魔既对立又相互转化的矛盾关系。

回到《二哈》小说本身,从最初的主角设定来看,楚晚宁是神族,墨燃是人族,而大反派师昧则是蝶骨族。这部小说的设定中,最特别的还是蝶骨族。蝶骨族本是魔族的一支,在人魔大战中,因人族损失惨重,蝶骨族祖先心生不忍,发起叛变,帮助人类渡过劫难。然而,大战结束后,魔界大门关闭,有家不能回的蝶骨一族失去了力量来源,逐渐变得弱小。人类逐渐淡忘了他们的功劳,等到发现这个种族的血肉可令修真者实力大增,竟然不再把他们当作平等的智慧生物,而认其为"炉鼎"或食物,可以随意饲养买卖。又因为蝶骨族人都生得分外美丽,被称为"蝶骨美人席"。

人族对蝶骨族的忘恩负义种下了恶因,因此才有了师昧搅弄风云,妄图再次打开魔界大门,带来一段段悲怆故事。师昧作为一个隐藏很深的蝶骨美人席,毕生筹谋,踏着尸山血海,不过是为了打开魔族大门,引蝶骨一族回家,不再受人族欺凌。最后,他却因为一半的神族血统而被拒之门外,大门关上的刹那灰飞烟灭,终究让人恨不起来。神、魔、人三界的纠葛矛盾,也在这个大反派身上体现得最为悲壮。而另一世的师昧最终放弃了仇恨,悬壶济世,隐匿人间。一个最有趣的翻转是,一直被师昧控制作为为恶利器的墨燃,其实是一个更加隐蔽的蝶骨族人,最终他选择放弃魔族的万年寿命,也放下神、人、魔的仇恨纠葛,重返人间,与师尊楚晚宁一同归隐。

《二哈》杂糅了多种神话故事素材。无论哪一界,根本上都是凡人世界的反映,神、魔、鬼都刻着人性的烙印。作者的笔墨集中在修真界，描写鬼界更简略，仅有的神族描写就是与楚晚宁有联系的关于炎帝神木的上古神话，以及修仙者中曾经接近神仙的人物，比如南宫长英和怀罪，但是他们都拒绝了飞升。魔界在文末略有一瞥，显示了强悍的实力，但是又迅速与人界隔绝，难窥全貌，而唯一被接纳的魔族后裔墨燃也拒绝了成魔。可见，虽然是三族交锋，作者的立足点一直在人界一方，一直强调维护天下苍生，哪怕只有不到百年的寿命，哪怕背负着贪婪、背叛与罪恶，小说中的主人公也都选择了为人间美好去抗争。

三、余论

《二哈》这部小说有亮点也有拖沓之处，文笔并非上佳，吸引读者的是上天入地的想象力和融合力。《二哈》的世界格局和生命观照杂糅儒、释、道三家思想，修真世界的等级森严与世态炎凉，人鬼两界的因果轮回，神魔传说的上古神秘力量，融合形成丰富的戏剧张力，撑起跌宕起伏的故事。小说中术法的技术实施并不是作者描写的重点，作者只是一带而过，这些术法实现的效果及其背后蕴藏的愿望才是看点。时空生死门是师昧为蝶骨美人席打开回家之路的工具，徐霜林与前世的墨燃为实现报复的夙愿而利用珍珑棋局，而重生之术体现了墨燃和怀罪对楚晚宁的愧疚与赎罪。三大禁术，在小说中都得以实现，而唯一为善的只有重生之术。可见术法无善恶，关键在于施术者之心。

更有趣的是，在丰富的想象力背后，能看到中国各种传统文化经典的影子，让我们看到了文化的传承。除了前文所述各种神话故事与儒、释、道观念外，还有很多有趣的细节令我们感受到传统文化的底蕴，比如，楚晚宁的三把"神武"天问、九歌与怀沙均出自屈原的《楚辞》。"八苦长恨花"中的八苦是指佛家八苦"生老病死，爱别离，求不得，怨憎会，五阴炽盛"。徐霜林催人肝肠断的自伤之句"临沂有男儿，二十心已死"，来自李贺的名句"长安有男儿，二十心已朽"。

最重要的是，小说的精神内核是积极昂扬的。一方面，这部小说的价值观非常正统，将儒家的入世与济世精神发挥得淋漓尽致。"众生为首，己为末""不知渡人，何以渡己"，令人热血沸腾，回想前贤所云"先天下之忧而忧，后天下之乐而乐"，恰恰关合。小说中各种"虐身虐心"的人物，最终的救赎还是来自挽救苍生的担当。楚晚宁守住结界，拼尽全力关闭时空生死门，救身后时空脱离覆灭之灾，"谁说修仙就是要得万年不死之身，拥毁天灭地之力？……在那道时空生死门前，不正有一位仙人，以他的血肉之躯，十指梵音，渡这一座红尘"。儒风门先辈掌门南宫长英毅然以"神武"毁灭自己被控制的残躯，他说："儒风门存世多久，并不在于门派蠹立几年，保有多少门徒，而在于这世上仍有人谨记，贪怨诳杀淫盗掠，是我儒风君子七不可为。记而行之，薪火已承。"无论是墨燃身中八苦长恨花，南宫驷血祭，还是师昧两世的棋局与破局，抑或薛正雍、薛蒙、叶忘昔等的故事，无论死去还是活着，无论爱情、亲情或者友情，都在为天下、为苍生的大局中得到圆满。"众生为首，己为末"，才是最后的释然。

这部小说是青春的，积极向上的，带有浓厚的英雄情结。故事中的人物情感纠葛，"狗血"与动人并存，作者突出了对纯真情感的刻画。罗枫华说，"弱冠年华最是好，轻蹄快马，看尽天涯花"。薛蒙说，"不求功成名就，但求人如当年"。保持纯真赤子之心，是作者一再强调的美德，赤子之心也是薛正雍、薛蒙虽知"世人甚丑"，却依然义无反顾去守护苍生的初衷。"这红尘何其广大，公平二字实在太过虚渺。但即便如此，行我仗义，端我丹心，仍是我辈尺寸之身可行之小事。"青春必然经历成长，比起两位主角，另外两个骄奢少年的成长更牵动读者的心，儒风门少主南宫驷与天之骄子薛蒙，是典型的青春期少年，鲁莽躁动、不可一世，但心中最纯粹的情感让他们历经摧折不肯后退，令人欣慰地成为有担当、有血性的人物。南宫驷血祭蛟山，成全了儒风门上下四百年的清誉。上一世的薛蒙归于鸿蒙，这一世的薛蒙还在继续，修真世界第一大门派的尊主之位或许让他成为另一个背负世俗牵绊的南宫柳，但小说结尾处写薛蒙收了个小徒弟，天之骄子的热血传奇依然在继续，从轻裘白马到看尽沧桑，从弱冠年华到鬓生白发，人生在循环，青春不会远去。

胡晴，中国艺术研究院副研究员，《红楼梦学刊》副主编。

风雨兼程游戏人

——有关中国游戏业的网络小说《游戏的年代》

星　河

一

多年以前认识一名相当聪明的男生，优质中学少年班出身，自北京师范大学毕业后投身游戏业，才华出众，年轻有为。但他却告诉我，家人觉得这不像是一个正经职业。

对玩游戏的人来说，此言简直不可思议，但后来我才知道，在很多人眼里这种说法天经地义。我玩过不少游戏，客串着写过几篇游戏小说，对中国游戏行业的发展略知一二。但在这部《游戏的年代》中，才第一次如此完整地目睹了中国游戏业曲折而艰辛的历程——发展与迟滞，顺境与挫折，巅峰与溃败，景仰与误解……掩卷喟叹，感慨万千。

叙述自 1995 年开始，纵跨近四分之一个世纪，从"游一代"写到"游二代"（笔者注：按照书中定义，其实应该是三代人）。在这个让人血脉偾张的故事里，读者可以看到三代游戏人的奋斗、抗争、不屈、妥协以及所有的成功与失败。

小说的主旨是对中国游戏业做一番全景式的客观陈述,本无意为游戏本身辩护,但在这部百万字之作的字里行间,自始至终都有一种潜在的情绪暗含其中,那就是公众对游戏的不屑与鄙夷。质疑纵贯全篇,从开篇杨沛然即将赴美时出租车司机的恶语,到段泽晨初到京城借住在同学家时邝奶奶的规劝,再到黑铁纪公司楼下邻居的迁怒;从段泽晨同事之母对耿天的质询,到天晨公司准备上市时证监会官员的怒斥,再到聂晓沫不敢告知父母自己的男友杨锦书是从事游戏业的,直至杨锦书亲眼见识聂父对游戏的极度反感,诸如此类,不一而足。尽管后来公众的观念有所变化,"社会偏见也小得多了",但依旧还是有很多人不能理解,只因为"中国社会有一个潜在的心理定式,觉得玩是不好的,玩物丧志"。

　　四分之一个世纪过去了,上述情况没有太大的好转。但现在的共识是认为游戏与其他娱乐形式一样,甚至效果还要更好。游戏不但可以让游戏者的业余生活更加充实和丰富,还可以弥补游戏者现实生活中的不足。一代代游戏人坚忍不拔地不懈努力,试图"用事实和逻辑来证明游戏有它存在的必要性和好处"。为此,作品做了有限但坚定的辩驳,作者借耿天之口宣示"游戏比不论哪一种文艺形式都更开放,更美好,更具有自由的精神",铿锵有力,掷地有声。

　　在如此巨大的时间跨度里,被误解并不是游戏人所要面临的唯一困难。除了要面对世人众口一词的指摘,他们还要直面现实所带来的巨大困惑——究竟应该做自己喜欢的游戏,还是做消费者认可的游戏?其实这与作家和艺术家的困惑十分相似,甚至可以推及更多的行业,似乎这是一个遍布所有领域的亘古难题。

现实相当残酷，这种残酷并不仅限于经济上的亏损和创业的失利。想当年，这群充满理想的游戏人，急流勇进，砥砺前行，虽说近乎悲壮，至少是精神饱满、斗志昂扬地勇敢出发。然而多年之后再回首，许多人一路披荆斩棘，历尽艰辛，但走着走着，似乎已忘记了出发时的初心。这种情况并非只是指向屈尊于资本威压的段泽晨——当国内游戏行业兴起而他们功成名就之际，游戏已变得"不那么复杂，而是抓住玩家的心理，不断强化"，用段泽晨的描述就是"简单、直观、粗暴"，挣钱已成为无可置疑的第一要任；同时也直接指向理想尚在的耿天——在身心遭受重创已然遍体鳞伤时，她开始对游戏事业心生隔阂，不热爱了。这究竟是一种常态化的成长，还是理想破灭后的麻木？好在他们依旧后继有人，杨锦书继承了他们的衣钵。从纯商业角度来看，"游二代"杨锦书实际上是最接近成功的，当接力棒辗转传到他手上时，这位接棒者终于变得成熟，更重要的是在他心底理想未泯。其实这恰恰反衬出前辈探索者的功绩——尽管一干前人因为种种错误一个个"倒毙途中"，缴纳了昂贵的学费，但他们试错般的失败探索依旧难能可贵，这种失败比侥幸的成功更有意义。

正是这些忍辱负重的游戏人，用他们的汗水和青春书写了中国游戏史壮丽的诗篇画卷。我们不必把他们赞誉得多么崇高（为了国产游戏的兴起），即便只是为了让人们能够有更多的欢乐，他们也背负了足够多的误解，付出了足够大的牺牲。

二

作为一名科幻作家，我的创作主要局限于科幻小说。但在阅读和观影方面，或者说得更具体一些，尤其是在网络小说方面,我却格外喜欢写实类作品。

多年以来,我们总强调文学应该来自生活。但所谓生活,并不是一个肤浅的符号,并不只是弥漫在我们周围的林林总总。在现代社会,我们不能认为只有厂矿、乡野才是真正的生活,不能认为只有都市职场才是真正的生活,各种具有现代气息的因素都构成了我们生活的底色——其中,自然也包括游戏,以及游戏制造者的故事。

诚然,单就形式而言,网络小说中有很多幻想类和历史(穿越、架空)类作品,这也许是由于网络文学的天然属性。饶是如此,网络小说中还是有许多优秀的现实主义题材作品。《游戏的年代》就是这样一部作品,根植且直面现实,揭示并剖析人性,与生活息息相关,与时代同搏跳动。

关于游戏,笔者在《文艺报》上曾发表《感同身受的虚拟世界》,从新冠疫情防控期间美国加利福尼亚大学伯克利分校在虚拟游戏《我的世界》里举办毕业典礼,谈及游戏与当代人群的关系:

> 的确,在如今这个时代,互联网、电子游戏或者说虚拟世界,已经无孔不入地影响到了我们生活的方方面面。现在的年轻人,没有经历过"二战",没有经历过"文革",但能说他们就没有过刻骨铭心和难以忘怀的感受吗?也许很多人没有近距离目睹过死亡,但在虚拟世界却曾经历多次,你能说这种经历不会带来深刻的生死感悟吗?再更进一步,有些时候虚拟世界与现实世界,也许只是一线之隔。

在文中,我也谈到了 2008 年汶川地震对游戏的影响(笔者注:此事《游戏的年代》中也有提及):

2008年的一天，一些相熟的玩家正在游戏中"做任务"。不料打着打着，他们发现几名来自四川的玩家突然掉线，再也没能登录上来。那是5月12日14时28分04秒，汶川发生了8级特大地震——对于那些玩家来说，时间永远停在了那一刻。灾难过后，有一名女中学生曾在作文里这样写道："自从5·12之后，你就再也没有上线。"据说作文在学校广播里播放之后，全校哭成一片，这充分说明，有些东西距离孩子们也许过于遥远，但有些东西却与他们息息相关。

还有比这更真实、更感人的生活吗？

在情节设置方面，《游戏的年代》采取了一种按部就班的生活常态式叙述，没有过于巧合的戏剧性，没有刻意的文学化冲突，比某些经典作品更符合严肃文学的特征。作品始终靠事件本身的波澜来推演故事，在四个主体阶段各有自然而然的高潮：第一阶段是黑铁纪公司即将成功时游戏资料泄露，第二阶段是黑铁纪公司转向网游后因经验不足导致失败，第三阶段是天晨公司推出新游戏产品后自行运营的尝试（在耿天的坚持下算是勉强成功），第四阶段是相对成熟的"游二代"杨锦书顺畅完美的创业之路。

小说通篇用力得当，不温不火，不紧不慢。有些网络小说有"烂尾"的毛病，或者后期敷衍了事，在《游戏的年代》中至少没有这种情况。虽说在天晨公司做大之后，故事确实没有前期的个人奋斗好看，远不如早期的个性化视角，但作者及时地调整了人物视角，改为杨锦书的主场。

所有这些看似平静如水实则惊心动魄的事件，已足以推动故事的演进与发展。作者小心地不把无关枝节引入故事当中，作品中鲜有故意设置的情节，虽然说偶尔也有构造，比如耿天亲历汶川地震并投身救援,邹乐恒坦承年轻时的丑恶罪行,都足以令人动容或震惊,但归根结底还是为了人物塑造的需要。

在抓住读者心理方面,游戏人一次次的失败让读者的心灵变得愈加脆弱。当读者经历过几次黑云压顶终于瞥见杨锦书成功的曙光时,想必会祈祷不要再出问题,有一种"再也伤不起"的感觉。不料杨锦书最终还是败在了对手的暗算之下,从这点来看作者显然是一个十足的悲观主义者。

三

除情节设计之外,人物塑造是《游戏的年代》的另一个亮点。

网络小说都有一个特点,那就是"打怪升级"——这一描述并不是指通常意义下的游戏进程,而是人物发展的必经之路。按照相对传统的描述,主人公往往要从零开始,努力奋斗,逐渐成长,走向成功。在这点上,《游戏的年代》无疑做得十分到位。而就各个人物的刻画而言,更是在具备明确性格的同时也不缺乏性格发展的过程。

在故事里,涉及耿天的部分占据了很大篇幅。虽说每个阶段自有每个阶段的视角,但耿天的视角贯穿的时间相对较长。从第一阶段起耿天与段泽晨就介入其中,当然那时还是杨沛然的戏份更多一些;第二阶段和第三阶段也有其他视角,但还是以耿天为主视角,段泽晨虽然始终伴其左右,但有时面目难免模糊;第四阶段主要是杨锦书的视角,耿天几乎未出现。

在这部作品中,作者让耿天占尽了普通人身上的一切优点——认真努力,积极向上,理性客观,疾恶如仇,忠实于感情,面对自然灾难对人类的伤害,不但心生悲悯而且身体力行地参与救助……近乎一个理想化的完人。当然她也有不足，在工作中行事果断，但在感情上却优柔寡断，遇事喜欢往好处想，对待屡次犯错者过于宽宏大度。

相比之下，段泽晨就显得有点"渣"，甚至还不能说是"有点"。他原本是一个老实本分的程序员，胸怀理想，心怀正义，但在复杂的社会环境中一步步迷失了自己，最终发展到极端自私的程度。

其他人物也都各具特色。在描写人物时，作者以一种近乎速写的写实风格，次第铺陈开一幅群像画卷。比如，即便是白领聚集的公司环境，也不是那么和善友爱，吵吵闹闹甚至大打出手时而有之；再比如，人非草木，总有七情六欲，但作者描述起来十分克制，各人的情感行为也都符合时代特征。

作为"游二代"，杨锦书是一个值得大书特书的人物。他占尽天时，资金充裕，但他之所以能够成功，更重要的还是因为他有头脑，有理智，善于吸取前人的经验和教训；同时他初心未泯，理想犹存，如同当年差点前往美国的父亲杨沛然一样；此外他还持有足够的理性与客观态度。即便如此，作者还是为他安排了一个并不完美的结局——最终败在了自己的疏忽、对手的阴谋以及金融形势的急遽变化之下。

总之，作者在刻画人物时，笔法干净利落，没有冗余的浓墨重彩，以素描的形式有力地勾勒出各色人等，人物性格的发展脉络异常清晰——这正是网络小说的优势所在，有足够的篇幅可以铺展开来。杨锦书的一步步成长让人欣喜，杨沛然夫妇从洒脱的年轻人变成了絮叨的老人又令人不禁唏嘘。

四

有一种观点认为研究网络小说很难从文本入手,因为一部网络小说动辄百万字甚至千万字,传统意义上 30 万字的鸿篇巨制在此背景下不过等同于微型小说。我确实是花了几个通宵逐字逐句地读完了这部超过 100 万字的《游戏的年代》。疫情防控期间在家烦闷,便一直观赏各类影视作品,毕竟视觉艺术的感官刺激更利于舒缓紧张心情,但在开始看《游戏的年代》之后,竟然爱不释手,一口气读下去。

《游戏的年代》是一部非常优秀的文学作品。虽说比照英国间谍小说大师约翰·勒卡雷的作品来说尚显笔力不足,但作者的思路却如出一辙。约翰·勒卡雷笔下的主人公也有着各自的问题和困扰,包括经济上的麻烦、情感上的纠葛、人际交往的复杂以及身陷官僚体系中的钩心斗角、尔虞我诈等等,但就是在这种全方位不利的背景下,他们依然做着惊天动地、影响全球的大事。而《游戏的年代》的主人公,除去上述因素之外,还要面对社会与市场的波动与变化。另外一篇可资类比的作品是已故作家钟道新的中篇小说《超导》:几名中国科学家以个人名义研究超导现象,在当时的国内科研环境下屡遭不公、接连受挫,与此同时,美、日科学家联手在优越的环境里开展科研,然而就是在极度悬殊的研究环境之下,两队几乎同时登顶,中国队以一步之差痛失诺贝尔物理学奖。相较之下,《游戏的年代》几个阶段的功败垂成更让人唏嘘感叹。

问题不是没有。

网络小说容易迁就读者,有时为设置悬念而设置悬念,有时不太注意结构,《游戏的年代》在后一点上稍有问题。文中多次混入梦境,有时甚至让读者难辨真假,与真实生活混同——这本无妨,笔者也喜欢在作品中植入梦境,但对《血狮》发布后杨沛然过于细致的梦境仍感不解,不明白用如此大的篇幅想做一个什么样的转折。更不明白杨沛然处理程序员袁宝庆的理由(原本以为偷盗游戏的伏笔被埋在了美术组吴子嘉的身上),感觉过于仓促随意。后期对杨锦书妹妹的患病也没有交代(至少笔者看到的版本没有)。此外,戛然而止是否也是网络小说的特征与风格,抑或只是基于篇幅所限的削足适履?

还有几个小问题:有些语言不够规范。口语中的英语词汇还是避免为好,非要使用时不如以中文间接转述。过多的专业术语会给外行增加阅读障碍,这点倒是很像约翰·勒卡雷的风格,对普通读者犹如天书或催眠。文中有不少明显笔误,虽说相比全篇来说不多。本来这类笔误笔者都会在阅读中顺手标出,转交作者,但面对这样的篇幅实在无能为力,深感网络小说的编辑工作还有待加强。

虽然存在以上问题,但终究瑕不掩瑜,《游戏的年代》是一部相当优秀的网络小说。笔者十分期待它能改编为影视作品,虽说恐怕改为电视剧可能与原著大相径庭。比如会增加更多的感情戏份,比如会严重背离原著,为资本所左右。但即便如此,还是希望能够看到这种改编和推广。

需要声明的是,本人不从事文学评论,对网络文学也不甚了解,以上只是纯感性的阅读评述,不当之处还望指正。

最后还要补充的是,在疯狂阅读之余,精彩的影视可以不看,但还是要抽空玩上几局游戏,否则在见证这些"游戏人"激动人心的努力进取时，却不能在游戏中回顾一番，实在是心痒难耐，心绪难平。

星河，科幻小说作家，北京作家协会专业作家。中国作家协会科幻文学委员会委员，中国科普作家协会常务理事、科学文艺委员会主任。

网络文艺评论专辑

泛娱乐时代玄幻电影的叙事深度问题

——以《悟空传》为例

姜 悦 周 敏

从 2005 年前后"泛娱乐化"问题的凸显到 2015 年"泛娱乐"成为"互联网发展八大趋势之一",一个泛娱乐的时代已经来临。对文化娱乐产业而言,这意味着要想迅速发展,就必须加快文化艺术的商品化步伐。为此,业界探索出了一条"打造以明星 IP 为核心"的泛娱乐发展战略,而 IP 的实质则是"经过市场验证的用户的情感承载",借此情感承载与情感共鸣,最终推动粉丝经济。既然需要"经过市场验证",那么依托和借鉴那些已经拥有粉丝号召力的作品、概念或者形象,自是题中应有之义。

在此背景下,《西游记》及其塑造的一系列经典人物形象,由于兼具民族传统性、人物性格多元性以及文学想象的丰富性,再加上各种改编和衍生作品的合力打造,近些年来一直是电影产业竞相追捧的大 IP。从 2013 年《西游·降魔篇》开始,《西游记》衍生题材的电影一直热度不减,如《西游记之大闹天宫》(2014)、《大圣归来》(2015)、《西游记之孙悟空三打白骨精》(2016)、《悟空传》(2017)等,且尽皆斩获了相当惊人的票房成绩,其中有多部票房超过 10 亿元。这一成功,除了作为大 IP 的"西游"自身在电影文化产业中所蕴藏的巨大能量外,还应归因于它们几乎都采取了明星阵容、酷炫特效、高成本、大制作的方式来撬动粉丝经济。不过与巨额的票房形成鲜明反差的是,它们普遍口碑偏低,豆瓣评分基本在 5 分左右(满分 10 分)。唯一叫好又叫座的是动画电影《大圣归来》,它以扎实的故事情节以及对大圣在"丧"与"热血"之间挣扎的内心世界的合理呈现受到观众追捧,一举成为票房高达 9.56 亿元的现象级国产动画电影。

上述"西游"电影都可归入近些年开始强势崛起的玄幻电影这一类型当中,并为玄幻电影的兴盛贡献了力量。至于如何理解玄幻电影中的玄幻,实际上可以参考对网络玄幻小说的定义。叶永烈曾经指出,玄幻小说有广义和狭义之分,狭义的概念始于黄易,他的小说是包含了道家玄学、修真成分的幻想小说,而广义的玄幻则是指一切脱离现实、科学范畴的幻想、玄想小说。[①]就广义而言,它又等同于"奇幻小说"或者西方语境下的幻想小说(fantasy)。本文所说的玄幻电影更偏向于狭义的理解,指的是依托中国文化传统、以中国元素为主导的奇幻电影,且这类电影往往改编自中国传统的神仙志怪故事以及网络玄幻小说。上述"西游"电影就是如此,2018 年至 2019 年先后上映的《狄仁杰之四大天王》《山海经之伏魔正道》以及《诛仙Ⅰ》等也属于该类型。

这一类型除了共享"玄幻"设定之外,基本上遵循同样的商业片运营模式,不过令人遗憾的是,叫座不叫好(有些也不叫座)是通病:它们在豆瓣上的评分几乎无一例外地惨不忍睹。而之所以如此,最突出的毛病就是在叙事上的敷衍,从而造成叙事深

---

① 叶永烈:《奇幻热、玄幻热与科幻文学》,《中华读书报》2005 年 7 月 27 日。

度的不足。

所谓叙事深度，就是讲好一个故事。在本文看来，这才是娱乐的根本。有"编剧教练"之称的美国剧作家罗伯特·麦基曾经说："娱乐即沉浸于故事的仪式之中，达到一种知识上和情感上令人满足的目的。对电影观众来说，娱乐即这样一种仪式：坐在黑暗的影院之中，将注意力集中在银幕之上，来体验故事的意义以及与那一感悟相伴而生的强烈的、有时甚至是痛苦的情感刺激，并随着意义的加深而被带入一种情感的极度满足之中。"①

深度叙事能够提供意义与情感的双重满足，而玄幻电影却往往在游戏化、明星与特效等商业化元素交织的目眩神迷之中，相对忽视了这一叙事深度问题。

有鉴于此，本文拟通过解读电影《悟空传》，具体分析玄幻电影的叙事表现及其症候所在。选它为对象，是因为它最为集中也最有张力地展现出了这一症候，可以作为衡量其他玄幻电影的一把尺子。《悟空传》有着多重互文性，既是西游题材的延伸，又改编自今何在的同名网络玄幻小说，后者向来以渲染苦苦追寻理想自我并不惜为此付出生命代价的悲壮氛围而为世纪初那一代青年网民所称道。正如作者所说："西游就是一个很悲壮的故事，是一个关于一群人在路上想寻找当年失去的理想的故事，而不是我们一些改编作品里面表现的那样，就是打打妖怪、说说笑话那样一个平庸的故事。"②其特殊之处在于原本可以拍出一部很有情怀和深度的作品，却似乎最终变成了今何在所不愿看到的"打打妖怪、说说笑话那样一个平庸的故事"。影片上映之

---

① 罗伯特·麦基：《故事》，周铁东译，天津人民出版社 2014 年版，第 5 页。

② 今何在：《悟空传·完美纪念版·序》，湖南文艺出版社 2011 年版，第 1—2 页。

后,围绕着原著与改编、商业片与文艺片等问题产生了较大的争议,这些讨论都涉及玄幻电影共通的问题,相当具有普遍性,是一种趋势的集中呈现,这也为本文的讨论打开了空间。

一、从情怀型小说到商业化电影

还是先从《悟空传》原著说起,作品在 2000 年连载于新浪"金庸客栈",一经发表,就"吸粉"无数,后被誉为"网络第一书"。从 2001 年首个纸质版发行,到 2011 年的《悟空传·完美纪念版》推出,先后共有 8 个版本,迄今累计销量达几百万册。在 2018 年相当权威的"网络文学 20 年 20 部优秀作品"评选中,以高票数排第 3 位。可以说,《悟空传》逐渐奠定了其在网络文学上的经典地位,并确确实实做到了《悟空传·完美纪念版》封面广告语中所说,"影响千万人青春"。它对一代人青春的影响,不在于如 1986 年版《西游记》电视剧那样为人们提供了师徒四人一路降妖除魔的新奇体验与正义战胜邪恶最终修成正果的快感,而是接续周星驰的电影《大话西游》,将神魔妖怪打入凡尘,借用痞气与油滑消解掉一切假正经和伪崇高。同时又赋予师徒四人强烈的自我意识,让其以清醒的姿态挣扎于寻找与迷失之间,于是就出现了"大智若愚坚持理想的唐僧,深深掩藏感情与痛苦的猪八戒,迷失自我狂躁不安的沙僧,还有那只时狂时悲的精神分裂的猴子"①。这就让小说在精神气质上致敬了电影《大话西游》那种"在内核的伤痛无奈与喜剧性的情节细节间,形成

---

① 今何在:《自序 一万年太久》,周星驰、今何在:《西游·降魔篇》,江苏文艺出版社 2013 年版,第 1 页。

了强大的张力"①的特色,从而也让小说笼罩在一种比较强烈的抒情氛围之中。由于这种特色恰好契合了世纪之交网络一代既自我意识张扬又感受到社会压力无处不在从而个体的无聊与孤独难以摆脱的情感结构并为其赋形,因此不仅把自己写入时代与青年文化之中,也获得了一定的叙事深度。

为了营造这种抒情性,小说采用了相对意识流的表达方式,场景在五百年前与五百年后来回切换,用限制性的视角叙述故事,时常有大段独白,使主体情感充盈在对每一段故事的讲述之中,短句、警句以及文艺性腔调散落在各个角落,此外还适当使用无厘头做调味,增强小说的可读性。不过这种方式的缺点在于故事性比较松散,小说名为《悟空传》,但实际上线索比较多,悟空与阿瑶、紫霞,唐僧与曾是龙宫公主的白龙马、天蓬与阿月等,每一个线索都可以是独立的故事。这种以抒情为耦合方式所散发开来的文艺气息在被改编成电影时就难免遭遇转化的困难。这一困难在一开始就为制片方所预见,2017年7月13日影片上映当日,原著作者同时也是影片编剧的今何在就在豆瓣发文倾诉改编上的艰辛,其中就说到,"悟空传小说不是纯通俗,也不是纯文学,它介于两者之间,但它骨子里是有文艺气质的。它的结构是完全跟着情绪走的,甚至不考虑情节",所以"悟空传小说的情节要全拍完至少得六个小时,如果拼命赶情节一幕就几分钟,那电影就没法看了",而"电影必须讲好一个故事"。② 出于这样的考虑,电影做了较大的增删修改,如删掉了"太抢戏"的唐僧,增补了杨戬这一"形象鲜明的反派"作为男二号等等。作为

①　苏七七:《IP时代与青春旧影》,《电影艺术》2017年第5期。
②　今何在:《作为小说作者如何评价电影悟空传》,https://movie.douban.com/review/8662495/,2017年7月13日。

制片方,他们对这些改动是比较满意的,在上映几天后票房一片大好之际制片人刘闻洋就很是自信地说:"虽然剧情从原著的意识流改编成电影的三段式,也加了很多具体的故事情节,但我们保留了孙悟空不羁反叛的精神,所以它仍然是属于《悟空传》的。"①

但做了这些改编之后,电影就真把故事讲好了吗?很显然,影片整体上所提供的只不过是一个"发育不良"的故事,每一条线索都不够结实饱满,彼此松垮地交错在一起。所谓的"准文艺作品"只能妥协于视听艺术特点以及商业片故事逻辑的合力之下,实际上更像是一种借口。将商业片与叙事深度强行对立了起来,结果导致了这方面的缺陷。

二、在故事与奇观之间暧昧

这一叙事深度的不足,最为突出地体现在故事讲得好与坏已经不再取决于(或者说不再主要取决于)在线性演进上的逻辑轨迹完美不完美以及与之相起伏的演员的情绪表达充分不充分,而更与某个瞬态是不是激发了感官上的愉悦(或者说刺激)相关。在影片中,主要从以下三个方面加以表现:第一,主要人物的登场与亮相几乎都带有一种强行耍帅扮酷的生硬,如阿紫(倪妮饰演)出场时那种纨绔式的腔调,如猴子一般摇头晃脑的姿态;再如悟空(彭于晏饰演)多次极其自恋地想要说出那句"从今以后一万年,你们都会记住这个名字",但每次都被打断等。

---

① 李桐:《〈悟空传〉回应质疑:没想到观众那么反感》,http://ent.chinadaily.com.cn/2017-07/17content_30143490_2.htm,2017 年 7 月 17 日。

这些强行搞笑，只会让人想起"中二病"，而非《大话西游》或者《悟空传》里的"无厘头"，因为后者所包含的反崇高、市井气，以及小人物在自我解嘲、自我解构后的顽强、执着与影片（小说）的主题和风格是相一致的，而本片中的要帅与搞笑则游离于情节之外。用这种碎片化的方式，目的不过是催动粉丝与明星之间的情感联系，属于明星与粉丝之间的隔空"尬聊"。第二，原著中压制个体自由、无形无质的天与地被具体化为运转不息的"天机仪"实体及其代言人和捍卫者天尊（俞飞鸿饰演），并将打破天机仪作为个体反抗的终极目标，看似具体化和可视化了，但实际上是更加概念化和空洞化，使影片变成了如《王者荣耀》般的攻守游戏。绚烂的游戏成为主角，"人"反而淡化甚至消失了。第三，充分利用电影的玄幻色彩，在施法与斗法上将特效发挥到极致，把影片变成一场视觉盛宴，有时候甚至有为特效生造情节的嫌疑，如在悟空等人从"结界桥"掉落花果山凡人小村庄并失去仙力后，非要安排一场用与现代枪炮相似的武器与"妖云"相斗的戏码，就是典型的强行增加视觉奇观。这三个特点，在其他玄幻电影中亦多有体现，如《诛仙Ⅰ》开场有段张小凡做梦与炒菜的情节，不仅有强行诙谐的生硬感，而且显得主次不分，相当破坏叙事的流畅度与整体感。观众更多地在看明星，而不是在看演戏。此外，剧中的特效也常给人一种很强的游戏感，难以和主题有机相融。

这样的安排，体现了编剧和导演对今天这个时代娱乐的理解。随着泛娱乐时代的来临，人们（尤其是玄幻电影的主要受众青少年群体）对观影的娱乐期待正在发生可见的变化，体验好故事现已经不再是唯一的观影期待，明星的一颦一笑以及各种影像奇观，都可以带动观众的情绪，增强其为影片买单的意愿。

到影院通过 3D 乃至 4D 感受大制作特效,更是不少人的购票理由。在这种情况下,故事本身反而变成一种附带,这自然又会影响到制片方对一部电影各元素的关注与投入比重。更何况,电影作为一种倚重现代科技的视听艺术与文化娱乐,它原本就更易受到非故事元素尤其是技术的影响。罗伯特·麦基在回顾电影发展时就曾不无辛辣地指出:"每隔十年左右,技术创新便能孵化出一批故事手法低劣的影片,其唯一的目的只是开发奇观场景。"①而对于玄幻电影,开发奇观原本就是理所当然的。

因此,与打造故事相比,《悟空传》无疑在选角和特效上花了更多的心思。所以,对于故事,郭子健、刘闻洋、今何在等人只能不断地解释他们已经尽力,而对于特效和画面,他们则充满了信心。在一次访谈中,刘闻洋就曾对影片的特效制作方式——把钱花在特效细节而非大场面渲染上,从而取得了既节省成本又画龙点睛的效果——进行了高度肯定,并认为这一经验"无法复制"。② 然而,在故事上他们真的就尽力了吗? 显然不是。尽管在某些方面确实自有其新意(后文将作出分析),但基本上只是一种被压在"五指山"下的"尽力",而这座"五指山"就是所谓的商业片叙事模式。在某种意义上,特效之所以能出奇效,正在于它与商业片的契合。

这种漫不经心的商业片叙事模式,只能让故事类型化与套路化,正如一位豆瓣网友所言,无外乎"彭于晏、余文乐和欧豪三位负责卖帅耍酷,倪妮、郑爽、俞飞鸿三位负责美艳和动人,而乔

---

① 罗伯特·麦基:《故事》,周铁东译,天津人民出版社 2014 年版,第 19 页。

② 杨莲洁:《〈悟空传〉争议不断评价两极 制片人作出回应》,http://ent.sina.com.cn/m/c/2017-07-18/doc-ifyiakwa4303199.shtml,2017 年 7 月 18 日。

杉和杨迪则负责插科打诨卖笑点"。① 采用如此配方,制片方本就没打算调出好口味,让多数人不反感,愿意进影院就已符合预期。只不过由于太想在商业上成功,火力不均之下,把故事"烧"得煳了一些。

三、碎片化叙事与当下青春文化

当然,之所以这样安排故事,除了上文所说的制作影片的重心有所转移之外,在更深层面上,还与娱乐业对青少年这一主要受众的理解以及青春文化的判断有关。在此背景下,影片尽管在叙事上有所不足,但与我们这个时代以及我们这个时代的青春文化保持着某种对话关系,影片也有着一些叙事上的亮点和形式上的创新之处。通过分析其叙事以及无论在原著还是在影片中都想努力表现的那种不羁反叛的精神,正可以看到其"症候性"以及潜藏其中的某种超越性。

2000年今何在在写作这本小说时,刚刚大学毕业不久。从象牙塔到社会,在这个过去与未来汇集于现在的转型时刻,如何在个体与社会、理想与现实的张力关系中构建自我就成为青春主体必须独自面对的关键问题,由此产生的迷惘、痛苦和创伤也往往是一个人告别青春完成成人礼所必经的过程。今何在的写作无疑受到这一生命体验的影响,所以他不是写理想的一往无前,没有像之后的网络小说那样为我们讲述一个一路打怪升级最终成神成圣的"爽"感故事,而是看破了理想的脆弱易碎后,仍

① 口袋电影君:《〈悟空传〉:一部没有诚意的攒局 CG 习作》,https://movie.douban.com/review/8670614/,2017年7月16日。

留恋其七彩祥云的光环。他要用个体的反抗去捍卫理想，同时又通过反抗的徒劳把理想处理成青春旧影与青春无悔。如此的"成长"，正如论者所指出的，"或可解读为个体对外部世界的适应，解读为纯洁心灵对'丛林法则'的服膺……前提正是对既有秩序的认可"。① 这也意味着青春世界开始逐渐离我们远去，成年人的世界已经不可抗拒地到来。

而电影《悟空传》则有意让自己显得更为稚嫩一些，如果说小说展示的是成人礼的过程，那么电影则是在为成人礼做准备。电影从天机墊开场，有意把故事限定在青春校园的框架之内，而之后的花果山小山村降妖之旅，更像是一场由天尊"校长"精心安排的郊游与试炼，连500年前的"大闹天宫"（所谓"天妖之战"）也强行缩短为300年前……一切都在提醒观众它更年少，所以刘闻洋才只会从"不羁反叛"来理解电影与原著的内在一致性。但如此的不羁反叛更像是青春期的"叛逆"。

影片也尝试突破，让青春的叛逆与成长变得稍微厚重一些。这些突破是影片除了特效之外最为人所称道的地方，其在叙事上的具体表现是，借菩提老祖之口，对孙悟空做了一次"真正"的"唤醒"：悟空终于明白了，原来"感到无能为力"才是自己成长与觉醒的先决条件，同时"这一世走过的路，遇到的人，放不下的这一切"才是自己足以战胜天庭的力量源泉和武器，因为这种"无法割舍"的情感性力量才是天庭的真正"他者"和禁忌。此外，电影又通过视觉语言以及借助特效的方式，把悟空的成长"意象化"为金箍棒的最终定型。如果说刚出场时金箍棒还只是一根

---

① 白惠元:《西游:青春的羁绊——以今何在〈悟空传〉为例》,《中国文学批评》2015年第4期。

虽可像岩浆一样燃烧但威力有限的黑铁棍,那么到结尾处随着阿紫和天蓬的死去,阿紫头上的金箍化成绕在铁棒两头的花纹,以及从二人消散的身体上所衍生的能量凝聚为铁棒的光泽,金箍棒则彻底完成"变身"。[①] 这种发生在金箍棒上的变化,实际上就是将"走过的路,遇到的人,放不下的一切"注入其中并赋予其灵魂的结果。这既是一次对特效的有效使用,又是一次将目光从过于关注自我转到他人、伙伴和"类"上的有益尝试,因此那个一直模糊空洞的主体也得到了一丝凝实。所以当悟空对妖云说"你我都是妖,带我飞上天吧",要比影片结尾用文字的形式强行植入原著的金句"我要这天,再遮不住我眼,要这地,再埋不了我心,要这众生,都明白我意,要那诸佛,都烟消云散"更令人感动。

但这不过是碎片化的片段,并不与影片构成有机整体。当金箍棒获得灵魂时,更多的人则是功能性的存在,像游戏世界里的NPC(即由电脑程序制造的虚拟人物)。虽然悟空说"从今以后一万年,你们都会记住我的名字",阿月对天蓬说"无论过了多少年,我都记得你",实际的情形却如 200 年后重生的阿月与天蓬重逢时所说"过去真的那么重要吗?对我来说,和你在一起的这几天,是我最幸福的时候"。过去或者未来都是无所谓的,"活在此刻"就好。因此反抗也不过是制造当下"爽"感的一种游戏,它可以不断重启,永远在此刻。结尾处当被杨戬告知"就算毁了天机仪,也改变不了这一切"时,悟空说出了今何在的名句"我来过,我战斗过,我不在乎结局",然后以背影对着杨戬又回头补充了一句"下次见面时,我们都拼尽全力吧"。这就不再是对青春

① 刘春:《在逐利的资本面前,"西游记"这个超级 IP 乱了》,《文汇报》2017 年 8月 4 日。

一去不复还的缅怀，也非西西弗斯式的反抗绝望，而只能是对"再来一局"的新期待。一切都游戏化了，意义于是也就自行消解，或许玩游戏本身就是意义吧。

四、结　语

　　如果说电影《大话西游》、小说《悟空传》都因契合了所属时期的青年文化特点与精神并为其赋形而把自己推向了某种意义上的"经典"地位，那么作为玄幻电影的《悟空传》虽也可看作泛娱乐时代的代表，但却明显无法被经典化，尽管它取得了票房上的成功。影片尽管在选角和特效上以及一些细节处理上特别用心，但并不能在整体上提升艺术水准，它在叙事上的套路化、碎片化以及强行四处缝补与拼贴，无法不给人一种以明星代替人物、以奇观代替叙事之感。而这些特点则几乎是当下玄幻影片的共通问题，玄幻甚至成为粗制滥造的代名词。由此而造成的空心化、游戏化以及低幼化，实在难以用"后现代"自圆其说。作为中国后现代电影代表作的《大话西游》2017年重映时，十多年的时光未能减损其魅力，仍旧斩获了1.8亿元的票房，而再过十几年《悟空传》及其他玄幻电影会成为当下青年观影者的青春回忆吗？

　　在《娱乐至死》中，波兹曼以电视为例，指出了"我们的问题不在于电视为我们展示具有娱乐性的内容，而在于所有的内容都以娱乐的方式表现出来"这一"泛娱乐化"的特点①。近些年泛

---

①　尼尔·波兹曼：《娱乐至死》，章艳译，中信出版集团股份有限公司2015年版，第106页。

娱乐化趋势越发明显,文化娱乐业也抓住了这样的契机,进行了以 IP 运营为核心的产业升级,使产业规模得到了爆炸式增长。但在此成绩的背后,波兹曼所担忧的由电子媒介的普及所引发的负面影响——传播者将关注的重点从如何担起各自领域的职责移向了如何使自己更加"上镜",而受众越来越不愿做抽象的思考,只追求能让人产生愉悦的外在形象——也在急速扩大,这在以青年群体为主要目标受众的玄幻电影中表现尤其明显。在此背景下,如何兼顾商业片和好故事,真正做到"内容为王"? 通过分析《悟空传》所呈现的难题和可能,确实可以让我们更好地思考这一问题。

姜悦,嘉兴学院中文系讲师;周敏,杭州师范大学文化创意与传媒学院副教授。

改编剧的类型化叙事路径与

"双类型复合"叙事尝试

——以小说《长安十二时辰》改编网剧为例

程涵悦

根据马伯庸创作的网络小说《长安十二时辰》改编的同名网剧,由曹盾执导、爪子工作室编剧,2019 年 6 月在网络平台播出。一方面,该改编剧的创作者们在沿用小说叙事元素的基础上,保留了原小说主体的悬疑冒险内容,并将其影视化,赋予了同名网剧明晰的类型化特质,使剧作叙事符合观众审美习惯,同时利于传播。而另一方面,改编者们从剧作的叙事规律、思想内蕴、传播效应等角度出发,在改编过程中创造性地在"悬疑冒险剧"类型之外,为剧作添加了历史剧类型,使得改编剧以双重叙事线索承载了两种影视剧类型,延展了剧作的思想内蕴与叙事体量,形成了独特的艺术风格。

在这一"双类型复合"的叙事实践中,固然有改编者的技术创新与艺术追求,但也存在着如双线索冲突以致叙事推进力不足等问题,但是改编者以双重叙事从并行、合流到共生的策略应对难题,使得"双类型复合"的叙事发挥出了应有的艺术魅力。

本文将以《长安十二时辰》为例,从类型化对于改编剧的意义、"双类型"对于复杂叙事的改编剧的价值,以及"双类型复合"的实践经验等角度,为更多网络小说改编为内蕴丰富、叙事成熟且有市场认可度的网剧提供参考。

一、"双类型":改编剧思想内蕴延展与
叙事复杂化的可行手段

近些年,文化产业领域越来越多地选择投入资本与资源将网络小说影视化,其中的一个重要原因是网络小说通常具有鲜明的类型化特征,其素材内蕴与叙事风格能够满足特定受众的需求。因而,具有影视作品生产经验的改编者们根据小说原先的类型特征,为改编剧探寻其作为剧作的类型定位,从而在影视领域同样实现叙事路径与传播方案的清晰化,将改编剧制作为成熟、优质的文化产品,推动产业发展。

目前,越来越多的改编剧已经选择了类型化的叙事策略,沉淀了改编在艺术与商业等方面的经验。但是与此同时,类型化的改编剧也暴露出了叙事老套、内容单薄、思想肤浅等问题。较之网络小说原作,改编剧的创作往往投入了更多的社会资源,承载了更多的社会期待,也具有更广泛的社会影响力,因此改编者们需要进一步探索改编策略以应对文化市场对于优质改编剧的需求。

《长安十二时辰》改编团队为代表的创作者们选择了在类型化这一既有叙事策略的基础上,将双重类型并置于改编剧中,既能够充实并提升其思想内蕴,使其具备优质改编剧的必要条件,又能够赋予其更广阔的叙事空间和更丰厚的叙事体量,以满足剧作的艺术创作规律和传播媒介的特性。

一方面,改编剧《长安十二时辰》沿用了小说原作悬疑、冒险的叙事类型,并通过视听语言增强了神秘、惊险的审美效果。小说原作在叙述事件发展的过程中,不断变换视角,且多用主人公张小敬的内视角,使得读者既能够从宏观上把握事态的变化,也能够贴近主人公的内心世界进而完成其精神拼图的构建,从而感知善恶势力的激烈博弈。而改编剧的视角同样选择在善恶势力之间切换,但没有选择"独白"等接近内视角的手段,而是采用极具震撼力的视听语言强化悬疑、冒险等叙事类型的风格魅力。

　　以小说与改编剧的开头对比为例,小说开头以微观视角展现曹破延商队入城进而逐步展现其危险性,继而设置其与靖安司的冲突和交锋,危难之际靖安司决定调用张小敬并遭受阻力。小说细腻而缓慢地刻画事件的反常性,并以多重衬托体现张小敬身份的离奇及其内心的复杂。小说意图吸引读者,尤其注重读者的细微阅读体验。而剧作中,远景中恢宏的靖安司、长安与近景中死囚张小敬的落魄、官兵崔六郎被杀的惨烈形成对比,进而罗列犯罪现实并贯穿为破案线索,形成多层次的带有悬疑感的视觉景观,以强冲突的画面凸显长安的危机、靖安司决策的艰难以及张小敬的处境。较之小说原作,剧作以蒙太奇的手法呈现矛盾与危机,对受众形成冲击,进而凸显悬疑、冒险类型作品的审美效应。

　　另一方面,改编者将历史剧元素与悬疑冒险剧元素并置于《长安十二时辰》剧作中。需要注意的是,小说发生于唐玄宗时代的长安,当时皇帝昏庸、官僚腐败、将领不作为,引发了底层的反抗、臣子的死谏等,但仅作为悬疑冒险叙事的背景而存在。与之相比,改编者为构建剧作中历史剧类型的叙事,增加了内容以平衡两种类型的叙事容量。改编者全盘反思封建社会的皇权、官僚体制与底层社会,刻画君臣关系、君民关系、臣民关系,阐述作品中历史危机的根源与当时社会人的精神世界,从而提升了剧作的思想内蕴。

剧作描摹出了封建社会错综复杂的权力关系,而主人公张小敬在冒险、探案的过程中从基层小吏查到权臣,再接触到太子、皇帝,由此引领观众逐步探寻唐朝的危机乃至封建社会的痼疾所在。改编剧架构了以唐玄宗为代表的皇权被以李林甫为代表的奸臣群体篡夺以及底层社会剧烈反叛的巨大危机,而张小敬以命相搏避免百姓在危机中覆亡,并帮助太子、李泌等重民生者巩固正统皇权。改编剧运用了三重叙事时空的切换,从平民为国牺牲而皇权欺压平民,到被欺压的平民反抗皇权,再到朝廷利用反叛作为权力争夺的符码,依然无人关心平民,全景式展现封建社会的积弊。

在剧中,年轻时贤明治国的唐玄宗深谙操纵群臣的"平衡术",改编者们详细刻画了其晚年疏于朝政,沉醉于"催春耕"等仪式所营造的自己维护封建社会运转、统领帝国万民而近乎神的错觉中,还沉湎于以道家治天下的虚妄理想,丝毫没有觉察自己作为皇帝失职以致民怨横生的真相,而长安乃至唐帝国的繁荣恰如意欲威服四方的灯会,看似壮丽实则虚无。

小说中草草略过的李林甫(改编剧剧中名为"林九郎",本文中小说原作与改编剧中同一人物统一使用小说原作中的名字,以避混淆,下同)作为唐玄宗时代最具权势的官僚被刻画为揣度人心、以退为进的政客,为了自身利益掌控全局,对于大唐局势运筹帷幄,不动声色地嫁祸太子以扳倒之,又希望收服李泌以备己用。他甚至幻想建立君臣共治的繁荣盛世,但这一所谓的理想的代价是生灵涂炭、迫害同僚,与唐玄宗的治国空想一样看似具有浪漫色彩，实则荒诞不经。李林甫虽周旋于这场社会危机之中，却不是真正的凶手，但他又是凶手们复仇的动机和目标，恰显出唐玄宗时代社会的诡谲。

在小说中受太子器重的李泌在改编剧中与老师贺知章一道成为太子一派的代表人物。他与老师贺知章一道帮助太子展现实力、韬光养晦，目的极为明确。他也与贺知章一样，作为士大夫忧心百姓生活是否安定。李泌在困境中展现的对底层个体的仁义，对自身职责的坚守都体现官僚体系中制衡奸邪权臣的新生力量。同时，面对李林甫等老辣政客及其背后的官僚系统，充满锐气的李泌也表现出了无力。书中与李泌博弈的靖安司幕后主宰贺知章在剧中被改写成了同为太子阵营的李泌的坚强后盾。他是盛世前后的见证者，与焦遂共同成为唐朝命运的观望者，也是对明君既渴慕又失望的士大夫。他的诗作既是皇帝平衡太子与权臣两派势力的隐喻，也是他爱国胜于忠君的体现，对太子挽救大唐颓势的期许。

改编剧的历史剧类型的叙事谱系中极为可贵地塑造了一批承继了盛世的蓬勃激情与欲望的小吏、百姓、侠客，他们以行动表达以一己之力重塑日渐衰败的唐王朝的愿望。改编剧中多次出现的李白诗歌恰是这盛世遗留的气度与人蓬勃的欲望的写照。改编者们一改小说原作中人物大多平面化的缺憾，展现了每个人物丰富而复杂的精神世界。

改编剧将这底层群像分为两类，一类是以龙波为代表的对朝廷心生绝望而决绝反抗的底层军民，他们区别于像张小敬与檀棋一样超越怨恨而以自我牺牲解除社会危机的侠客。

如小说中张小敬记忆过人的挚友徐宾在改编剧中成为阴谋的幕后主宰者，他因对朝政失望，作为知识分子和基层官吏以造纸重构官府基业,劝说李泌不要执着于名节而要看重生命与机遇才能破局,在绑架皇帝成功后悲凉表露个体在庞大机制中渴望被看见、渴望建功立业的压抑。而在小说中偷偷策划爆炸以替养父贺知章解决劝谏君王的难题的贺东,在改编剧中变成了以佯疯压抑对李林甫的仇恨而策划报复的受害者。

又如小说中绑架唐玄宗的龙波在改编剧中不满于身处底层的自己与战友们所受的官僚体制的残害,策划爆炸意图向唐玄宗寻仇,最终为救皇帝而死,表达了对皇帝醒悟与清明社会的渴望。小说中因家人被绑架而帮助龙波造炸药的毛顺在改编剧中目睹百姓受难而君王挥霍享乐,主动背负注定流传千百年的"造器不正心"的恶名以警戒后人,体现对于时局的厌弃以及底层匠人的自觉。小说中萧规(即龙波)的下属鱼肠在改编剧中被塑造为因情感与价值观而忠心追随他的女性角色,她女扮男装以凸显自我价值,但在实施阴谋过程中人性逐渐扭曲。小说中被无辜绑架的闻无忌女儿闻染柔弱、被动,但在改编剧中变成性格复杂多变的推动事件发展者,她与张小敬因社会腐败、闻无忌惨死等形成共生关系,后与张小敬因价值观分歧而对立,最终为保护张小敬而死。

另一类则是以姚汝能等为代表的在腐败官僚体制中无力出头而挣扎或反抗的小吏,比如小说中以腐儒形象出现、增加小说趣味性的岑参在改编剧中是渴望以诗文影响更多人,与士大夫们汇流成为拯救唐朝盛世力量的年轻士子。又比如小说中凡事机关算尽的元载在改编剧中一方面狂热于攫取利益,另一方面陷入爱上看似失势的太子阵营的王韫秀的矛盾中,因而挣扎在钻营与联姻的得失算计中。而小说中以张小敬为职业偶像的姚汝能在改编剧中看重恢复家族荣耀、洗刷父亲追求权力失败而被杀的耻辱，其自我实现的愿望中夹杂着沉重的宗族压力，但其保全国家能人如张小敬而非也有道德瑕疵的太子，可见他的独立思考。

二、"双类型复合"的难点：两种类型的冲突

将双重类型并置于改编剧中，既能够充实并提升其思想内蕴，使其具备优质改编剧的必要条件，又能够赋予其更广阔的叙事空间与更丰厚的叙事体量，以满足剧作的艺术创作规律和传播媒介的特性，但是双类型叙事在固定体量的作品中往往会出现篇幅分配不当以致叙事动力不足、两种类型的叙事线索相互倾轧以致叙事混乱拖沓的问题。《长安十二时辰》的改编同样面临着这一挑战。

小说原作以被官僚体制反复抛弃、迫害的张小敬为守护民众而冒险、探案、逐步揭开疑团为故事主体，不但塑造了张小敬超越名利与恩怨的"超级英雄"形象，使得受众在对其的好感中阅读，而且奠定了小说冒险、悬疑的类型，使得类型化的叙事契合受众的阅读需求。小说设定"十二时辰"，在推动故事的同时增强了悬疑、冒险类型叙事紧张、刺激、神秘的审美特性。小说以多条线索并行，在多种叙事视角间转换，但主要从张小敬在身负多重压力的情况下不断为百姓解除困厄、绝不言弃的内心世界切入，浓重的个人英雄主义对于受众而言具有极强的吸引力。在改编剧中，由于历史剧类型的叙事占据了不少于一半的篇幅，悬疑类型叙事的推动力被明显弱化。虽然改编剧的历史剧类型的叙事展现了社会危机背后的权力博弈，但没有如小说一样以张小敬的内视角切入或给予其独白空间，在悬疑剧类型叙事所

注重的展现危机本身、带领观众发现危机、解决危机方面着墨较少，仅保留了张小敬的探案过程，而未能充分体现其焦灼境况下的智慧与坚忍，以至于张小敬在解除唐帝国的危机方面的主观视角与主导力量未能凸显。

另外，小说原作仅仅选择唐玄宗年间的社会作为故事发生的背景，且以其中的人物、物件为推动冒险、探案的道具。但是改编者们在剧中嵌入了完整的历史剧类型的叙事链条，全景式展现危机的历史背景以及各个参与者的图谋，以期表达对封建社会皇权、官僚体制、底层的境况与彼此关系的反思，实现了社会横截面的丰富及思想意蕴上的深刻意义，可见改编者的"史诗化"意图。但在这一过程中，历史剧类型的叙事与悬疑探案剧类型的叙事的并置产生了不兼容的困境。

问题之一在于历史剧类型与悬疑剧类型的叙事空间相互挤占，且能够增强悬疑剧类型的叙事张力与审美效果的"十二时辰"短暂时间设定对于历史剧类型而言恰恰意味着掣肘。历史剧类型的核心是人与人的博弈动机与冲突行为，但改编剧中的人物的行为因需要服务于悬疑剧类型中的"阴谋"而无法展开塑造其具有历史意义的身份与复杂多变的抉择，因此改编剧仅仅停留于碎片化地展开历史人物的多层次面向。可见，被压制的历史剧类型的叙事和在改编过程中松散薄弱的历史剧类型内核无法支撑作者希望阐明的历史命题，所呈现的单一平面的历史图景反而拖累悬疑冒险剧类型的个体突破困境的叙事给受众带来的良好审美体验。

问题之二在于历史剧类型的叙事本身缺乏叙事推动力。其中的重要原因在于改编过程中改编者们没有为历史剧类型寻找叙事内核，已有的太子与李林甫的斗争没有完整的冲突形成与解决的过程,因此极易被悬疑剧类型的叙事牵制。反观其他独立的历史类型剧,往往既展现封建社会运转,也能够在角色的行动中体现其于社会体系中的私欲、理想与抉择。而《长安十二时辰》仅仅停留于呈现民众与社会的对抗以及个体与皇权的关系等,形成相似人物各横截面的简单叠加、停滞状态的重复,以及历史观的反复阐述。

三、"双类型复合"的实践经验: 双重叙事从并行、合流到共生

为了保留"双类型"对于改编剧思想内蕴延展与叙事丰富化的优势,同时又避免篇幅分配不当以致叙事动力不足、两种类型的叙事线索交错以致叙事混乱拖沓的问题,《长安十二时辰》的改编者们摸索出了双重叙事从并行、合流到共生的"双类型复合"的实践经验。

一方面,改编者们从人物设置入手,将小说原作的张小敬个人英雄主义视角转变为张小敬与李泌的"双男主"结构,令其分别牵连起悬疑冒险类型的叙事与历史剧类型的叙事,利用两个人物之间的密切关联将这两种类型的叙事进行耦合,再以两个人物的发展推动其背后的相应类型的叙事板块的发展,如此避免了"双类型"疏离或相互排斥的问题,并且为之后双类型的叙事共同为改编剧整体的思想内蕴与审美体验服务打下基础。

在改编剧的一开始,改编者们就以张小敬与李泌的对话彰显两人的价值观碰撞,形成强烈戏剧冲突的同时,充分交代人物内在特性及其所牵引的叙事板块的走向。作为死囚被释的张小敬表达了对于第八团的信仰,对于皇权的轻蔑,对于自我个性的

张扬,而作为靖安司主管的李泌则表露了自己作为士大夫的理想抱负。在对话过程中,两人之间权力关系发生了微妙的变化,张小敬凌驾于代表权威的李泌之上令其自白,预示出身底层的张小敬将会逾越威权的掌控,可见改编者们对于张小敬身上高于一切的仁爱精神与人性价值更为崇尚。

改编者们继而增加李泌的危机并将其提前,以凸显李泌及其所牵引的历史剧类型叙事的戏剧冲突,强化其地位。较之小说原作中李泌面临丧失靖安司的掌管权而增加了张小敬承受朝廷与叛军双重压力情况下探案除恶的难度。改编剧中李泌多次身陷困境恰是太子一派在与李林甫一派斗争的过程中屡受压制的缩影,李泌所掌管的靖安司的沉浮是建立在宏阔而坚实的历史背景之下的。靖安司一开始就被夺权,李泌乃至贺知章等都成为脆弱的弃子,一番周折后,李泌需要以靖安司的实力保住太子的声誉和权力。李泌身后的靖安司作为太子一派与李林甫一派争权的关键,一方面承载的是朝廷对太子的审视,关系的是唐朝社会的安定,另一方面又需要李泌以个体英雄的身份守护百姓的安全。在这一过程中,唐朝社会斗争的激烈逐步展现,而李泌所面临的挑战将充分展现其能力与人格,改编剧的戏剧冲突由此强化。

改编剧在对张小敬牵引的悬疑探案剧类型叙事板块与李泌牵引的历史剧类型叙事板块进行并行铺陈后,将两者合流,以两股叙事力量共同呈现对于封建社会底层百姓的人道关怀,揭示宣扬"民贵君轻"的儒家道义的封建统治对于底层百姓的漠视,从而提升作品的思想内蕴,同时使得两种类型的叙事在合流过程中强化为因复合而先天缺失的自洽性与自主性。张小敬的探案冒险等叙事在历史思考的映照下体现出其行动的价值意义而弥补其叙事节奏被拖慢、叙事内容被弱化的缺憾。相应地,李泌的历史剧类型叙事虽不能在有限的叙事时间里充分扩展,但是在与张小敬背后的底层江湖互动过程中,历史人物获得了相对充足的展现机会,其社会身份与价值意义更为显明。

靖安司在危机升级的过程中成为李林甫一派攻击太子的靶子,太子考虑放弃靖安司以保全自身地位,而这正考验李泌,需要其在代表世俗化权力利益的太子与代表个人抱负情怀的守护百姓的职责间作出抉择。太子、李林甫等人只意图结案自保,注重风波的暂时平息,而有意无意地不顾及百姓,其漠视百姓的政客本质暴露无遗。而李泌在对太子等人阳奉阴违之间坚持个人价值追求,逐渐趋向张小敬的选择,则更体现其作为社会栋梁的历史性担当。在改编剧中,李泌顶住靖安司背后朝廷权力主体对张小敬的怀疑,选择张小敬解决危机,看重的是苍生安泰。曹破延死后,李泌自嘲无法达到"万物为刍狗"的境界,张小敬对抗皇权而守护百姓更显悲情,两人同怀深重的忧患意识。

从张小敬的角度来看,改编剧后半段越来越频繁地回溯张小敬身为第八团成员与皇权的对抗关系,加之其执意拯救长安却被当时掌权者们视为棋子和替罪羊,其探案冒险的叙事就有了多重的意义。其一是他蔑视皇权的人道主义精神。他虽因往事对权力掌控者不忿,深感为国牺牲的惨烈和幸存的枉然,但在权力纠葛不断升级的紧迫时刻,他既唾弃皇权,质疑皇权之于个体的意义,又能够坚持拯救长安百姓,体现出超越个人仇恨、坚毅果决的超凡气度。权衡皇权与百姓的分量并在两者之间做出抉择即是他精神成长的过程。其二是他的自省与自知。他为了守护民间,与萧规等代表民间却为祸民间的势力为敌,自认草根,了悟自己负责今日的长安,李泌负责大唐的未来,不遗余力支持高瞻远瞩的李泌。其三是他超脱的侠客精神。他不守陈规，执着于自己的规矩，既见对社会陈规的绝望，又有希望守护初心的清醒。他不为功名，只因爱长安，可见其人格境界达到庄周无用以养生，孔孟仁义爱人，墨家弃绝名利、博爱众生的高度，毅然决然，成为悲情英雄。

而另一方面，改编者们运用两种类型叙事的相互映照，解决前文所述双类型并置导致叙事节奏拖沓的问题。鉴于历史剧类型叙事板块在双类型复合叙事中被压缩，改编剧将这一板块中历史人物多重面向的揭开视作悬疑剧的真相探寻的各阶段成果，如此既可以缓解历史剧人物历史性行动与抉择无法充分展开的问题，又可以加强其与悬疑冒险类型叙事的关联度，以此调整整体的叙事节奏。在改编剧的早期，李泌就透露了主谋之一，以展现历史风貌和社会动向，之后主谋们逐步浮现，真正主谋的面目不断变化，抽丝剥茧地展现了民间力量的抗争。改编者们提到改编剧的真正主角是长安，由此可被理解为悬疑冒险叙事板块的主人公及其行为承担起了发现长安危机、守护长安的叙事任务，而历史剧类型叙事则承担着逐步挖掘深层次长安面向的使命。由此，"长安"既是生活和乐的盛世想象，又是皇权统治下乌烟瘴气且危机横生的真实社会，既给予了张小敬以梦想和生存希望，又在他梦想破灭、被社会抛弃时，引领他为真正的理想而活。改编剧中的"长安"作为信仰而存在，它关涉人被生活欺骗但仍确信的价值，也是超越温饱与名利的浪漫想象，即人们亘古不变的对美好生活与安定社会的追求。

两种类型叙事相互映照的重要路径之一在于构建相互独立而又相互关联的叙事空间，叙事空间之间的互动，推动两种类型叙事的共生性发展。从悬疑冒险剧类型叙事板块来看改编剧中的社会危机,展现的是民间反抗皇权的力量与民间守护百姓的力量的制衡,比如第八团幸存者由于对皇权的愤恨,意图报复,不惜采取伤害百姓的决绝举动。而从历史剧类型叙事而言,展现了社会危机的根源以及统治者对于身处危机的百姓的漠视,比如烽燧堡上第八团曾因政权腐败,承受个体对于死亡的极致恐惧,但仍以男性铁血和民众忠心对待政权,守护百姓。由此,两者形成有机勾连,刻画了社会的深层悲剧,历史的可悲轮回。

其他的路径还包括在改编剧中设定能够勾连两大叙事板块的人物。小说中的闻染是张小敬为兄弟情义、儿女情长而守护的女性,但其在改编剧中被寄寓了为国牺牲者对于国家未来的愿景、对于辜负自己的强权的诉求,可以说她的生命状态就是张小敬的"愿望"本身,即对于自己生命价值、百姓生命意义的想象。但是作为第八团的后代,她因为兴盛长安的畅想,最终为了张小敬能够摆脱权力纠葛的制约、放手解救长安而牺牲,实现了对于皇权笼罩下的封建社会一场决绝的拯救。又比如改编剧中贺知章和太子一方面是历史舞台上权力的掌控者,他们抨击唐玄宗奢靡、抨击李林甫乱政,太子作为权力的正统承继者等待权力体系恢复,而另一方面,他们对于百姓的关切才为身为死囚的张小敬探案冒险开辟了空间。还有,作为点睛之笔的唐玄宗被绑架后的经历既折射了封建社会中权力争夺并非为了忠孝大义,而是各方为了攫取自身利益,也让皇帝在考察百姓疾苦过程中彻底了悟长安的繁荣假象以及对于百姓无尽的压榨。

四、小结

《长安十二时辰》改编团队选择了在类型化这一既有叙事策

略的基础上,将双重类型的叙事并置于改编剧中,但是又面临着篇幅分配不当以致叙事动力不足、两种类型的叙事线索相互倾轧以致叙事混乱拖沓的问题。改编者们一方面从人物设置入手,将小说原作的张小敬个人英雄主义视角转变为张小敬与李泌的"双男主"结构,令其分别牵连起悬疑冒险类型的叙事与历史剧类型的叙事,利用两个人物之间的密切关联将这两种类型的叙事进行耦合,再以两个人物的发展推动其背后的相应类型的叙事板块的发展,如此避免了"双类型"疏离或相互排斥的问题,并且为之后双类型的叙事共同为改编剧整体的思想内蕴与审美体验服务打下基础。而另一方面,改编者们运用构建相互独立而又相互关联的叙事空间、设置能够勾连两大叙事板块的人物等方法使得两种类型叙事相互映照,解决前文所述双类型并置导致叙事节奏拖沓的问题。"双类型复合"的实践经验将为更多网络小说改编为内蕴丰富、叙事成熟且有市场认可度的网剧提供参考。

程涵悦,上海复旦五浦汇实验学校二级教师。

论"她悬疑"网络剧《摩天大楼》的创新表达

宋　婷

　　《2020 年网络剧调研报告》显示，2020 年悬疑短剧成为新风口，"她题材"兴起。从《危险的她》《不完美的她》，到《白色月光》《摩天大楼》，各大视频平台纷纷抢占"悬疑"和"女性"两大热点，打出"她悬疑"这一细分类型。其中腾讯视频于 8 月 19 日播出的《摩天大楼》，以 7.9 的豆瓣评分超越了同时段播出的悬疑剧，其所聚焦的女性议题，更是频频登上热搜，引发众多网友讨论。除了关注女性题材之外，《摩天大楼》在叙事结构、人物设计、视听语言以及立意表达等方面的创新，也使得它探索出一条独特的"她悬疑"网络剧类型化道路。

一、叙事结构：罗生门式的"剧本杀"与
跨媒介叙事的"戏中戏"

　　叙事结构对于悬疑剧的信息交代、剧情推进和悬念制造来说尤为重要，大多数悬疑剧采用非线性叙事技巧进行剧情的铺陈，打破有序的时间向度，通过双线或多线并行的叙事手法增加故事的悬念。《摩天大楼》以人物为中心展开叙事，借鉴了《公民凯恩》和《罗生门》的叙事模式，形成了类似"剧本杀"的结构，同时加入动画作为"戏中戏"，在叙事上的创新可谓亮点纷呈。

剧集一开始便用钟美宝的死亡将故事推向了高潮，短短 4 分钟的时间里 10 位关键人物依次登场，交代了中心人物钟美宝被害前后的场景。这种以倒叙和交叉叙事为开场的叙事方式是美剧中常用的，也是近年来我国悬疑剧惯用的模式之一，比如此前大火的网络剧《隐秘的角落》，也选择用凶杀案作为开场。这种开场极大程度上增加了剧集的悬念，使整个剧集更加富有张力，同时营造出紧张感和刺激感，让观众能够快速投入剧情中去。

《摩天大楼》全剧共 16 集，每两集围绕一个人物展开，并由这一人物引出其他相关人物。整部剧以钟美宝的死因为主线，通过钟敬国和杨蕊森两位警察对在摩天大楼里生活的相关人物的调查推动剧情的发展，在相关人物的回忆和讲述中，钟美宝的生平和遇害的真相逐渐浮出水面。前 6 集的 3 个篇章可以看作故事的先导篇，以大楼保安谢保罗、建筑师林大森和房产中介林梦宇三人为引子，关联出李茉莉和丁小玲两位女性，为观众建立了关于钟美宝的第一印象，交代了基本的人物关系和故事背景，并为之后剧情的展开铺设了悬念。在后 10 集的 5 个人物篇章中，故事开始进入高潮并且经历了层层反转。随着作家吴明月、家政工叶美丽、钢琴家叶舒俊等关键人物的登场，众人关于钟美宝的描述出现了交叉重叠之处，但不同人物对相同事件的描述存在着巨大的差异，这些差异使得案件陷入了"罗生门"，究竟是谁在撒谎，成为观众迫不及待想要解开的谜题。

此种叙事结构和近年来爆火的一款游戏"剧本杀"有异曲同

工之处。剧本杀起源于国外，玩家一般 5－8 人，通过分饰剧本中的角色，围绕剧情展开推理、还原人物关系，共同揭开秘密或发现凶手。① 《摩天大楼》的结构方式就像一局人人都可以撒谎的剧本杀，剧集的前半部分观众不仅可以跟随警察的视角去寻找真凶，解锁更多的证据，也会不由地将自己代入案件的相关人物，通过剖析他们的心理，拼凑真实故事的全貌；剧集的后半部分，隐藏的故事逐渐浮出水面，此时钟美宝的死因和被杀证据又成为新的谜题，于是观众又开始集中推理杀害钟美宝的真凶究竟是谁。这种层层反转的刺激，加上角色扮演所产生的真实感和参与感，使受众可以沉浸在线索不断增加的剧情中，从而对剧集产生强烈的依赖。

《摩天大楼》还采用了"戏中戏"的叙事结构。作为"戏中戏"的《祥云幻影录》表面上看似是一部普通的玄幻小说，其实是由吴明月根据钟美宝的真实经历改编而成，其中虚拟的角色都可以在现实中找到对应人物，小说的情节更是对剧情的补充说明，堪称整部剧集的重点和亮点。一方面，通过《祥云幻影录》给出的信息，观众可以串联起前面故事中的所有细节，大致了解钟美宝的人生经历，同时根据自己的分析将虚拟角色与真实人物一一对应，从而充分激发观众的主动思考与推理。另一方面，使用动画的形式来演绎小说《祥云幻影录》的故事，不仅形成了一种跨媒介叙事，丰富了剧集的叙事结构，更是将钟美宝童年不堪的经历，用一种非常克制的、更容易被人接受的方式表现出来。另外，动画《祥云幻影录》由《大护法》团队的槐佳佳担任动画导演，

---

① 《并不便宜的"剧本杀"，靠什么俘获年轻人》，https://finance. sina. ocm. cn/tech/2021-02-01/doc-ikftpnny3167838. shtml，2021 年 2 月 1 日。

其制作之精良不输一些大牌动漫,可以给观众带来高质量的、另类的审美体验。目前,国内外很多剧集和综艺都选择加入动画短剧来丰富视听语言,增加趣味性,这种打破"次元壁"的形式也是未来影视创作者需要尝试和探索的。

二、女性题材:浮世绘式的群像设计与 呼应现实的社会议题

近年来,国产剧对女性题材一直较为关注,从前几年的《欢乐颂》《我的前半生》《上海女子图鉴》《都挺好》,到 2020 年播出的《传闻中的陈芊芊》《二十不惑》《三十而已》《流金岁月》等等,均以女性题材为主题,且获得了较大的关注度。这些剧集虽然类型各不相同,但绝大部分都与女性的成长相关,从女性的视角出发,讲述了她们在不同时代、扮演不同角色时所遇到的问题与矛盾。从剧集所展现的态度和观点来看,虽然取得了一些新的突破,一定程度上体现了女性力量的崛起,但在对女性议题的讨论上难免还是会落入俗套。

与传统女性题材剧关注情感、婚姻和家庭等话题不同,《摩天大楼》聚焦现实社会中女性从小到大可能会面临的种种问题,并且在表达女性困境的同时,触及了很多当下社会中存在的现实性问题。在《摩天大楼》里,女性的生活不再围绕男人、出轨和背叛,而是与其他女性互帮互助,共同抵抗生活中的种种困境,这使得《摩天大楼》的格局和深度都得到了升华。

《摩天大楼》改编自作家陈雪的同名小说,小说以阿布咖啡馆的美女店长钟美宝为纽带,描述了一座看似完美的摩天大楼里隐藏的众生百态和在他们身上发生的或悲伤或无奈或病态的

故事。剧集虽然保留了原著中大部分的人物和情节,但对人物设定与关系进行了大刀阔斧的修改,建构了众多个性鲜明的形象,几乎每一位女性的形象都可以看作当今社会不同女性群体的表征。比如剧中的核心人物钟美宝,代表的是美丽、善良,却为原生家庭和恶人所害,有着悲惨童年经历的女性;钟美宝的母亲钟洁,代表的是婚姻不幸、遭受丈夫家暴和"PUA"的女性群体;富家女李茉莉,代表的是家境优越、才华斐然的女性精英,但因为家庭和职场的"重男轻女",只能相夫教子;菜鸟警察杨蕊森,代表着当下大多数优秀且幸福的年轻女性,她初入社会,单纯、认真,对工作抱有极大的热情,虽然缺乏经验但不失敏锐,同时拥有正确的价值观和同理心,剧中很多关于性别平等、女性权益的观点都由她表达出来,这一形象也是全剧为女性发声的话语权代表。

在对女性议题的刻画上,全剧涉及性别偏见、刻板印象、家庭暴力、"PUA"、心理障碍等多个方面,通过不同的人物形象反映不同的议题,广泛地揭示了现代社会女性面临的种种困境。剧集一开始,警察钟敬国在看到钟美宝的尸体后,首先推断是情杀,理由仅仅是漂亮女性容易招惹情感问题,紧接着又通过钟敬国批评女儿的穿着问题,进一步引出"性别偏见"的话题。"性别偏见"的话题在后来的剧情中被多次提出,比如熬夜加班的李茉莉被同事评价为"工作起来像个男人",作为医生的李桂兰,因为单身经常被安排值夜班,这一系列的表述都将对女性的歧视和偏见暴露在观众眼前。同时依靠剧中人物的发声,引导观众接受"性别偏见不应存在"这一观点,在指出不应该指责女性的外貌和装扮的同时,驳斥了"受害者有罪论"。

除了探讨"性别偏见"这一在社会中广泛存在的女性议题,

《摩天大楼》还大胆触及了家庭暴力、"PUA"、心理障碍等多个备受争议的敏感话题。剧中的钟美宝有着不幸的童年经历,母亲钟洁未婚先孕生下了她,继父颜永原不仅利用"PUA"对钟洁进行精神控制,还对钟洁实施家庭暴力,最终导致了钟洁的死亡。此外继父颜永原还将罪恶的魔爪伸向了钟美宝和弟弟,对他们进行了侵害。家暴、精神控制、性犯罪、猥亵儿童……钟美宝童年的不堪经历正是对当前社会中诸多热点话题的反映,比如"拉姆案""房思琪案""鲍毓明养女案"和"百香果女孩案"等等。《摩天大楼》仿佛是当下社会的一面镜子,映照出隐藏在黑暗面的社会乱象,与新闻时事的结合更是极大地引发了观众的共鸣。

虽然剧中的女性在一定程度上都面临着不同的困境,但她们没有因此仇视社会,而是通过自己微弱的力量来帮助其他女性走出困境。比如钟美宝、李茉莉和丁小玲三人从少女到成人一路上的互相陪伴,李桂兰(叶美丽)对钟洁的心疼和无偿帮助,还有钟美宝与吴明月两人之间的互相理解和救赎。值得一提的是,虽然《摩天大楼》致力于为女性发声,宣扬"女性互帮互助",但剧中仍设计了两个"反派"的女性形象,通过她们对自身性别的不当利用和对美丽女性莫名的恶意,使该剧对女性的关注"摆脱了男女对立的二元模式,注入了'女人为难女人'的更深厚内涵"。[1]

除了对女性议题的讨论,《摩天大楼》还通过谢保罗、林梦宇等人的故事,探讨了敲诈、偷窥等社会中存在的不良现象;通过钟美宝、李茉莉和丁小玲三人在寄宿学校的经历,抨击了寄宿学

---

① 吴岸杨:《人物·媒介·性别:〈摩天大楼〉的叙事创新》,《影视制作》2021年第1期。

校的反人性管理;而剧中插入的一档名叫《回到爱身边》的节目,通过主持人的姓名"管多"和对"女明星毛晓彤被生父控诉"事件的借用,批判了无良媒体和网络暴力。整部剧充满了对社会不良现象的影射和讽刺,具有强烈的批判性和现实性。

三、视听语言、物象隐喻与空间隐喻

回溯网生内容发展,网剧经历了从"野蛮生长"到"精耕细作",再到"台网统一"的升级①,其中一个明显的进步就是视听语言的升级。《摩天大楼》的总制片人方芳表示,"《摩天大楼》整个主创团队,包括美术、摄影、服装、造型及后期制作,完全是电影班底"。和很多网剧的画面不同,《摩天大楼》是用电影的镜头跟电影的分镜来拍的,很多时候镜头会在虚焦的状态下发生变化,反映出每一个人物的内心及性格。在拍摄中,光影的明暗变化也暗示了这个剧中每一个人物都有他的光明面和阴暗面。②

《摩天大楼》开场视听语言的运用十分惊艳。一片黑暗中,急促的手机铃声响起,钟美宝流泪的面部特写出现。随后镜头切换到华丽的音乐厅,伴随着优雅舒缓的钢琴演奏声,诸多关键人物依次登场,流畅的镜头切换展示了每位关键人物的状态。紧接着钢琴声开始变得急促,在激昂的琴声中,人物的运动速度和镜头切换速度同步加快,直到随着钢琴声再次归于平缓,钟美宝的尸体出现。通过开场的这组镜头,观众可以迅速锁定案件的相关人物,同时场景快速切换所透露出的零散信息又充分勾

① 王涵:《2020 年网络剧调研报告　网台分界线真正"分解",网剧地位迈上新台阶》,《电视指南》2020 年第 11 期。

② 冯俊昊:《被折叠的摩天大楼》,"南方周末"公众号 2020 年 9 月 4 日。

起了观众的好奇心，营造了良好的悬疑氛围。除了第一集的开场之外，《摩天大楼》在每一集正片开始前，都设计了一个简短的片头来代替片头曲和预告片，这些片头并不是对正片内容的截取，而是一组全新的、富有吸引力的镜头。类似于先导片，作为一个引子来引出正片的内容。这种镜头语言的使用，为剧集增添了更为浓厚的电影质感，也有助于观众理解后续的剧情。

剧作还通过运用一些具有象征意义的事物和空间，来隐喻和暗示人物的故事和处境。典型的物象隐喻当数钟美宝死亡时身穿的白色蕾丝裙，在剧中这件白色蕾丝裙包含了三重寓意，解读这一物象需要像剥开洋葱一样层层探寻。第一层，在对漂亮女性存在偏见的沈美琪眼中，这件白色蕾丝裙是钟美宝"卖弄姿色、勾引男人"的铁证，因为钟美宝"连死都要打扮得这么美"；第二层，在钟美宝的继父颜永原眼中，这件白色蕾丝裙则是他侵犯、伤害钟美宝及颜俊的道具，是他威胁恐吓姐弟二人的武器；第三层，在钟美宝眼中，这件白色蕾丝裙既象征着最残酷的罪恶和最痛苦的回忆，又包含了她对弟弟最深切的爱和保护，她之所以选择穿上这件衣服迎接死亡，是因为想要用自己的曝光来掩盖继父对弟弟的伤害。这样的视听语言设置，既强化了物象的作用和深意，又突出了剧情的矛盾，从而使剧集产生极大的戏剧张力。

《摩天大楼》中的空间隐喻可以说无处不在。剧中的摩天大楼象征着现实社会，A、B、C、D四栋楼象征着社会中的不同阶级，楼层间暗藏着的复杂的管道，则象征着人们潜藏的欲望和秘密，而楼中的每一个房间又象征着社会中的不同群体。比如保安谢保罗居住的合租房，空间狭窄且摆满了破碎的玩偶，反映出他遭遇了巨大的变故后，变得贫瘠且割裂的内心；小说家吴明月的房间杂乱且阴暗,并且房门常年紧闭,这个封闭的房间象征着吴明月因为男友意外去世而患上的惧旷症等等。空间语言的运用,使得悬疑剧集的视听语言更为丰富,同时打通了虚拟剧情与现实社会的联系。

四、结　语

作为一部以展现女性困境为核心的悬疑剧,《摩天大楼》以独具一格的叙事结构、直击心灵的社会议题和电影质感的视听语言,成为2020年网络剧中"她悬疑"题材完成度最高的一部。在"她悬疑"剧集中,女性从陪衬性质的"功能型"角色转变为剧情的主要推动者,也是全剧价值观的主体与落脚点①。《摩天大楼》围绕女性议题展开,最终落脚到当前社会中的现实问题,不仅为广大女性发声,更是引发了观众对于偏见、歧视等社会问题的思考,同时其创作手法和特色也能为之后的网络剧创作提供有效的参考。

有些遗憾的是,《摩天大楼》虽然取得了不错的口碑,却没能成为爆款,这跟它在逻辑和情节上存在漏洞,以及采用了不恰当的宣传方式有很大关系。就该剧的破案逻辑而言,以嫌疑人为中心的叙事结构虽然新颖,但一定程度上也造成了对推理过程的损害。比如两位警察只忙于询问嫌疑人,对于死者头上的伤口视而不见,而唱片上的关键证据指纹,直到大结局前两集才被发现,这样的逻辑漏洞必然会劝退一部分重视案情推理的受众。

---

① 《国内首部"她悬疑"精品剧〈白色月光〉开播　优酷"悬疑剧场"又增细分方向》,http://www.ce.cn/xwzx/gnsz/gdxw/202008/20/t20200820_35564841.shtml,2020年8月20日。

另外,在《摩天大楼》播出前的宣传中,忽视了以"女性角色""女性议题"等具有热搜体质的话题为宣传点,而是大肆宣传流量明星杨颖的演技。这样的操作非但没有为剧集带来流量,反而反噬了该剧的口碑,同时"驱逐"了一部分杨颖的演技"黑粉"。事实上,杨颖在《摩天大楼》中的演技确实有所提升,但她所饰演的钟美宝作为一个符号化的角色,对于整部剧的质量并没有太大影响。剧组的这一宣传方式不仅使该剧的受众群体变窄,也在一定程度上提醒了影视创作者,对于作品来说"流量为王"早已过时,"内容为王"才是永远的正道。

宋婷,江苏省文化艺术研究院网络文艺研究所研究实习员。

赛博网络的古典与浪漫

——中国网络影视剧的叙事与镜头

张学谦

随着中国网络影视剧日趋成熟,其开始逐渐呈现出与电视剧、院线电影不同的美学特质,尤其是在以网络小说等网络 IP 改编的影视剧中,这种差异的特质最为显著。大多数以网络小说、游戏等 IP 改编的网络影视剧在视觉组织以及影画叙事上产生了复杂的张力,兼具"浪漫"与"古典"的双重品质,同时,这种内在的张力又在一定程度上影响到了观影主体的意识层面。

一、影像与文本:"古典"的讲故事与"先锋"的写作

尽管对改编自网络小说等 IP 的网络影视剧而言,其与小说改编的电视剧及院线电影同属于跨媒介叙事的产物,但是网络媒介与电视、电影等媒介的差异性,最终导致了网络影视剧在文本向影像转化的过程中,其叙事的趣味追求不同于传统影像改编。

网络媒介的环境改变了影像接受的情境,尤其是高速无线

网络的快速普及,使基于网络媒介的影像要与"去结构化"①的生活状态相适应。意即网络影像的接受情境,并非"合家欢"式的居家沙发模式,也非封闭而专注的电影院观影模式,而往往是基于移动网络媒介,诸如手机、平板电脑、笔记本电脑等设备的随时随地的观影体验。同时,还有以家用电脑设备的有线网络模式进行多窗口操作②的观影状态。如果说,抖音、快手等软件提供的短视频是影像对于新的接受环境形式上的适应,那么日趋成熟的网络影视剧,其作为一种无法在时长上做出有效改变的影像类型,在反复试错之后找到了适应多种网络情境的方式——不同于传统影像的叙事改编。

卡米拉·艾略特在《文学的电影改编以及形式/内容的困境》中,提出了"腹语者"的改编形式,"它公然地将小说的复合清空,并填充了电影的精神"。③ 文本与影像之间的改编过程形成如下的公式:

$$小说的符号-小说的所指=小说的能指$$
$$小说的能指+电影的所指=改编的符号④$$

实际上,以改编网络文学等相关 IP 为主要方向的中国网络

———————

① 哈尔特穆特·罗萨:《加速:现代社会中时间结构的改变》,董璐译,北京大学出版社 2015 年版,第 171 页。

② 在使用接入有线网络的家用电脑或办公电脑时,使用者往往并不会像在客厅观看电视机,或者在影院观看电影那样有相对较高的专注度与投入度,而是在那些可提供多窗口工作的系统中,同时从事多项娱乐行为。比如,一边浏览网页,一边观看影视剧,同时还使用即时通信软件与他人进行交流,甚至可以一边玩游戏,一边播放影像。

③ 玛丽-劳尔·瑞安编:《跨媒介叙事》,张新军、林文娟等译,四川大学出版社 2019 年版,第 206 页。

④ 玛丽-劳尔·瑞安编:《跨媒介叙事》,张新军、林文娟等译,四川大学出版社 2019 年版,第 206 页。

影视剧,越来越多地开始偏向"腹语者"式的改编方向。从早期网剧《三生三世十里桃花》,到推理网剧《坏小孩》,再到近期热播的"网剧＋电视剧"《斗罗大陆》等都是此种抽空原文本所指,重新填入影响所指的改编形式。不过,比卡米拉的"腹语者"更进一步的是,中国网络影视剧的叙事改编,不仅仅是将小说所指抽空的过程,实际上,很多网剧在改编上为了适应网络媒介影像接受的去结构化特质,甚至干脆将文本的能指也全部排除在影像符号之外。换言之,网络小说在改编成网络影视剧之后,剩下的只具备 IP 价值却不具备能指与所指的文本符号,典型如网剧《赘婿》。

然而,抽空小说文本的能指与所指,仅是保证改编后的网络影视剧能够适应网络媒介情境的必要条件。去结构化的生活与影像接受情境,使抽空内涵的文本在重铸叙事的时候,选择具有"古典"倾向的讲故事模式。本雅明在《讲故事的人》中将文本写作与口传故事做了区分,并提出了讲故事与主体经验之间的关系,批判了文本写作的经验匮乏。虽然对于网络影视剧改编而言,其"讲故事"的叙事形式并非本雅明所提及的概念,但是在某种程度上又有一定的相似性——网络影视剧的叙事改编大都卸除原文本等 IP 的某些具有"先锋"性质的东西,取而代之的是随时随地可以被普遍接受的通俗故事或者道德说教。

以近期热播的《斗罗大陆》为例,原文本最具特点的是唐家三少创造的一整套的武魂升级体系与魂师职业系统,甚至可以说小说《斗罗大陆》可以被理解为一个被文本化的 RPG(role-playing game,角色扮演游戏),其具有多样而明确的职业、技能、升级、进阶的系统。而这也是《斗罗大陆》连载之初使文本区别其他同类小说,如《星辰变》《斗破苍穹》等小说的重要标志。不过,在其影视剧的改编过程中,则最大程度弱化了武魂体系,而改编为以人物形象为中心的叙事形式。这种改编并非传统影像改编理论所坚持的那样,"改编必须颠覆原著,履行覆盖和昭示原文这一双重的、矛盾的职能"①,而是网络平台的影像接受主体的情境导致了对文本核心内容的放弃。这种放弃并非偶然现象,在很多网络影视剧的改编中都出现了类似的情况。从早期的"三生三世"系列改编对其文本文艺青年性质的去除,到近期的"推理之王"系列等改编对其核心观念以及主要人物形象、重要情节的去除重构,都是如此。

去结构化的生活以及被分散意识的影像接受主体,在面对相对复杂的影像②,诸如一些具备推理悬疑情节的影视剧等时,往往会产生"对于那些在抽象认知层面被看作更有价值和更令人满意但需要长时间和能量投入的活动"的抗拒。③ 因为复杂的影响并不能给接受主体带来"即时的满意",也无法满足接受主体在手机、电脑等终端设备上同时进行其他活动的目的。正是这种接受情境,使基于网络媒介的影视剧改编,想要从短视频中找回自己的场地,那就必须提供一种比短视频更为宽泛、轻松、随进随出又不失兴趣的叙事方式,而这些都不是网络小说等IP

---

① 玛丽-劳尔·瑞安:《跨媒介叙事》,张新军、林文娟等译,四川大学出版社2019年版,第213页。

② 这种复杂是相对主体而言的,而非绝对意义上的复杂。比如对接受主体而言,搞笑综艺节目就比推理悬疑美剧要轻松简单得多,但这并不意味着推理悬疑剧就属于实在意义上的复杂叙事。

③ 哈尔特穆特·罗萨:《加速:现代社会中时间结构的改变》,董璐译,北京大学出版社2015年版,第165页。

能够直接提供的。①

网络影视剧在改编中去除网络小说作者独创的某些"先锋"性要素。为了能够使单集长达40分钟，全剧在10集乃至40集等更长的总体时间上，让影像的接受者能够随进随出，同时又保证叙事的吸引力，最常见的叙事策略就是引入通俗文学中的章回体叙事以及单元剧的故事模式，并且在其中加入使接受者更容易理解的正向道德引导，这构成了中国网络影视剧的叙事形式。

以近期热播的网络影视剧为例，《赘婿》去掉原本小说中试图建构的"家、国、天下"的世界观与历史模式，去掉了小说男性视角的叙事情境，干脆将其改造成了几乎每集一个叙事矛盾（章回）的轻喜剧。甚至可以说，这是一部仅仅保留了小说名称、人物姓名而干脆重新编剧的影视剧。但是，它恰如其分地适应了春节档期影像接受者追求多种娱乐的要求，并且不会产生错过一集就无法理解后面情节的情况，做到了只要想看，打开就能看。如果有事，也可以立即关掉。即便是相对而言更加遵循原著的《斗罗大陆》，依然遵循"章回＋单元"的改编形式。《斗罗大陆》的改编基本保证了每集贯穿一个小故事，并将原小说对主人公唐三的高度侧重，转化为多主角分散式的单元叙事。小说连贯的故事被割裂，复杂的情节被简化，情感的调动被强化，叙事的矛盾则在简化的同时被强化。

从文本到影像，网络影视剧的叙事改编，见证了现代社会中

---

① 成功的网络小说的每日更新篇幅、情节设置等从某种程度而言，与短视频更加相似，对于移动网络媒介下网络小说的接受情况，参见拙文《媒介化、模块化与视图化：移动媒介下网络玄幻小说的叙事与接受》，《华语网络文学研究》第6卷，2020年版。

主体短时段集中娱乐与长时段泛娱乐的需求转变。从高速阅读的网络小说文本转化为悠闲的影像叙事，从即时的兴奋刺激到长时段的多次即时满足，正是网络影视剧改编趋向"章回＋单元"这种"古典"讲故事方式的原因。网络影视剧将网络小说中可能具有的"先锋"要素摒弃，转而采用更加传统的叙事方式作为剧本改编的主要形式，不但影响了网络影视剧的编剧叙事，而且进一步影响了剧本的影像呈现，使中国网络影视剧的影像叙事单元——镜头——产生了独特的美学观感。

二、"浪漫"的镜头：色调、滤镜与景观结构

2019 年根据江南的知名小说《九州缥缈录》改编的同名影视剧在网络平台与电视台同步上映。这部影视剧制作不可谓不下成本，新老明星汇集，道具设计精良，剧本也由江南本人亲自操刀，令人意外的是不论是小说原著的粉丝，还是单纯的影视剧观众，都对其表现高度不满。除了江南在改编之中并未将小说古典化为"章回＋单元"的剧本叙事模式外，最大的原因在于这部影视剧作为以中国古代文化为背景的玄幻小说，其影像呈现，尤其是色调与滤镜的使用，却在努力模仿西方玄幻小说影视剧的形式。

尽管《九州缥缈录》受到西方经典玄幻小说的影响，但是归根结底其核心仍旧是神仙剑侠的东方幻想。对于这种东方式的玄幻想象，大多数小说读者与影像接受者其实有着比较模式化的想象，比如御剑飞行的灵动潇洒，竹林斗法的饱满色彩等等，对西方玄幻小说而言，宫廷阴谋、末世劫难等则是接受者想象的主流。接受者的想象，往往会对影像镜头产生影响。

近期热播的《上阳赋》与《斗罗大陆》,在与人物相关的背景色调选择上偏爱红黄色系的暖色调,而西方玄幻影像作品在色调选择上更偏向冷峻。《九州缥缈录》对于西方玄幻影像的模仿,直接导致了影像接受者的错位感,从而使接受主体一看到影像画面指示,就感觉到一种"扑街气质"。实际上,《斗罗大陆》在其影视剧改编中就注意到了这一点。小说《斗罗大陆》的设定与背景风格更加接近西方玄幻的设定,从其动画改编中可以发现人物设定、世界描绘都是西方式的。不过,作为影视剧的《斗罗大陆》,其接受主体要远远大于小说粉丝群体和动画观众,因此其放弃了西方影像形象的设定,全部将其改为东方式的影像,几乎翻转动画版《斗罗大陆》的整体色调,以迎合对玄幻想象具有固定形式的接受主体。这就一如在叙事改编上对影像接受主体接受情境的适应,中国网络影视剧在镜头调度、滤镜使用上同样也需要迁就接受主体的想象。换言之,一方面,中国网络影视剧建构了影像接受主体的画面意识;另一方面,它们又必须遵循接受主体形成的固有想象。因为刻意地去打破主体的固有影像想象,意味着要求主体在接受影像时做出更复杂的意识活动,从而导致网络影视剧不适应作为去结构化生活的娱乐方式。

与国外的影视剧作品相比较,中国网络影视剧更加注重滤镜与特写的作用。一方面,滤镜在色调上能够最大程度地迁就接受主体的固定想象;另一方面,滤镜和特写也给主体提供了与粗制的短视频不同的视觉满足。

由鞠婧祎主演的新版《新白娘子传奇》是滤镜与特写应用最为典型的影像案例。其大量使用的柔化与磨皮的滤镜效果,不但构造了具有东方唯美浪漫风格的杭州景象,更通过特写反复向接受主体呈现主演相貌的美丽。而在滤镜与特写之下的主演,其实并没有传达出什么特定情感或内心活动,可以说滤镜与特写的使用对很多中国网络影视剧而言,并非为了强调情感或者表现与情节展开有关的细节[①],而是单纯地给予影像的接受主体期望的感官满足感。劳拉·U.马科斯指出在新媒体作品中,主体与图像之间是一种被称为"触感视觉"的观看方式,主体对作为客体的图像产生一种欲望的沉浸。[②] 新版《新白娘子传奇》对滤镜与特写的使用恰如其分地形成了这种"触感视觉"。无论是鞠婧祎的粉丝,还是单纯的影视剧接受主体,都在这种滤镜与特写之下完成了对女主角之美的沉浸。进一步说,这种联觉的视觉交会,并非仅针对男性主体,对于女性接受主体同样适用。《斗罗大陆》的电视剧对唐三的扮演者肖战亦采用同样的拍摄手法,在肖战与他的粉丝之间搭建起了这种触感视觉式的"桥梁",甚至可以说对肖战的粉丝而言,正是《斗罗大陆》的电视剧呈现了她们欲望中的男性之美。

去除冷峻与理性的柔美色调以及构成人物形象的滤镜与特写,使中国网络影视剧产生了一种景观结构。它们作为一种影像中介,在接受主体与图像课题之间建立起一种关系。通过影像,网络影视剧满足接受主体对于玄幻文化的固有想象,从而排除其他美学范式;通过滤镜与特写,网络影视剧成为制造欲望与满足欲望的景观。

---

① 布鲁斯·F.卡温:《解读电影》(上),李显立等译,广西师范大学出版社 2003年版,第 255 页。

② 艾美利亚·琼斯:《自我与图像》,刘凡、谷光曙译,江苏美术出版社 2013 年版,第 47 页。

三、叙事与镜头的张力：主体意识的进退维谷

2019 年播出的网剧《绝世千金》（根据游戏《好色千金》改编）中构造了这样一个影像段落：女主角林洛景在穿越到游戏世界之后，为游戏世界的君王表演舞蹈，一同观看林洛景跳舞的还有邪魅狂狷的男主角金辰。最初，女主角选择的是符合穿越世界文化背景的古典舞，影像以中景镜头来呈现其全身与环境要素。随后女主角突然改变了舞蹈的风格，将古典舞转变为现实社会中的"二次元宅舞"。此时，镜头由中景快速转化为特写，由女主角的全身影像转变为了双腿的特写。下一个镜头组用中景的影像则呈现了观看女主角舞蹈之人吃惊的表情。镜头再度回到女主角，全部采用近景或特写的方式，展现女主角的面部、腿部以及妩媚姿态。同时在剪辑中加入男主角由蔑视到震惊再到入迷的近景镜头，以此来叙述男主角对女主角重新认识的过程。

《绝世千金》的影像段落，在镜头转换中，不断地加入男主角情态转变的镜头，除了叙事的需要之外，亦具有吸引女性观众兴趣的作用，如此正符合其作为乙女（少女）网剧的特质。不过，特写的使用在将女演员原本不够专业的舞蹈转换为影像画面之美的同时，亦调动了男性接受主体的某种欲念，可以说，影像所带来的满足感既是女性的也是男性的。然而不应忘记，不论是游戏本身还是网剧的宣发方向，都标榜着乙女的特质。将男性接受主体的视角带入女性偏好的视觉影像中，并同时实现两性的触感视觉的满足，恰恰显示了网剧景观结构制造并满足欲望的功能，同时暗示了叙事与影像之间存在某种乖离。

与一般电视剧、院线电影相比较，通过网络媒介传播的影视

剧影像,在欲望制造与满足上的景观功能性更加强大。巴特曾指出,现代图像的意义具有两个方面,即"意趣"(理性层面)与"刺点"(内在情感层面),主体通过"意趣"发现"刺点",并随之抛弃"意趣"。① 可以说两个意义之间多少存在一些互斥。不过,在影视剧的网络传播环境中,这种互斥可能会发生改变。影像客体在网络媒介中传播,评介弹幕等即时评论的形式,将原本属于绝对个体的"刺点"相对化,换言之,就是在网络媒介环境中影像对于主体的内在刺激,可以在主体与他者的交互中通过共识性的"意趣"形成共同的"刺点",从而将"刺点"的个体性去除。或许正是基于这种视觉过程,网络影视剧比依靠电视平台的电视剧以及院线电影更能够激发主体的触感视觉,并为主体提供欲望的即时满足。不过,也正因如此,网络影视剧的景观结构也显得越发明显。

不过,与日渐趋强的影像景观化形成张力的是叙事需求的"古典"化。在去除小说、游戏等 IP 那些吸引主体的"先锋"要素之后,对于"章回＋单元"化的总体叙事模式,只有那些符合主体一般期待的叙事要素——公众认可的价值方向、社会通识的行为模式以及接受主体熟悉的情节范式——才能被填充到叙事之中。这些叙事要素一般都具有共同体式的保守价值取向,其与作为景观结构的影像之间存在着相互牵扯的张力。② 一方面是制造影像的日趋景观化,给接受主体的意识带来某种异化,另一方面是叙事形式与内容的古典化,使接受主体在情节上不断接受共同体意识的说教,就像在《绝世千金》中影像效果与叙事意

① 罗兰·巴特:《明室》,赵克非译,中国人民大学出版社 2011 年版,第 34 页。

② 参见居伊·德波《景观社会》、樊尚·考夫曼《"景观"文学:媒体对文学的影响》等专著。

图之间的乖离一样。可以说，接受主体在观看网络影视剧时，其主体意识会因影像与叙事之间的张力而发生某种撕裂。目前，尚无法判断网络影视剧的叙事与影像的撕裂究竟对接受主体能够产生多深的影响，亦无法明确这种影响对接受意识的后果。不过，应当批判的是，不论影像变化的初衷如何，其日趋景观化的现象值得警惕，即使是通俗的网络影视剧，也不应忘记影像是类化的言语，是人从图像中识别自我的言语[1]，影像的意义在于实现主体的具体化，而非将主体意识撕裂或异化。

张学谦，苏州大学文学院讲师。

---

[1] 安德烈·塔可夫斯基:《雕刻时光》,陈丽贵、李泳泉译,人民文学出版社2003 年版,第 37 页。

国产穿越剧的别现代美学特征

——以《庆余年》为例

谢　姣

《寻秦记》（2001）和《穿越时空的爱恋》（2002）后，穿越类文艺作品开始受到大众关注，《魔幻手机》《神话》《步步惊心》等带来了穿越文化的热潮。穿越剧在发展中内容和方式不断创新，有真实历史穿越、架空历史穿越；有现代人穿越至古代或者未来，也有古代人穿越至现代；有主角直接穿越，也有投胎穿越，借尸还魂等。根据读者群体的不同，还可以分为偏重言情的女性向穿越剧和偏重权谋、商战、救亡等内容的男性向穿越剧。国产穿越剧借助"穿越"叙事模式，故事内容意旨既有皇权与后宫争夺，父权、男权等前现代封建宗法思想，也有民主、平等、自由、独立的现代精神，还有后现代的思想文化多元、去中心等特征，呈现出"前现代""现代""后现代"交织、纠葛的特点，而这正与王建疆教授的别现代理论相合。

别现代理论，就是对同时具有前现代、现代、后现代属性与特征的特定社会形态和历史发展阶段的概括。[①]"别现代"的

---

① 王建疆：《"别现代"：话语创新的背后》，《上海文化》2015年第12期。

"别"不是"不要""告别"或者"另一种",而是针对我国当前独特的社会形态而提出的"别具一格""别开生面""别出一路"的现实吁求、思想主张、价值判断、主义建构、理论原创。[①] 它有意与以西方为中心的理论话语拉开距离,提出了"别现代""别现代主义",独创了"时间空间化""跨越式停顿""中西马我思想资源观""英雄空间"等概念和观点,是一种立足于中国现实,带有自觉性的理论创新,是认识论层面的"别树一帜",也是富有存在论意味的"别有洞天"。

别现代立足于中国现实,而中西方在穿越剧的创作上,也表现出显著的不同:西方的穿越作品多为科幻作品,穿越方式严谨,穿越到的是奇幻世界或者未来,穿越后多开展探索与冒险之旅;国产穿越剧则更具娱乐化倾向。但在对中国网络文艺的批评和研究中,却存在本土理论缺位,只能照搬西方后现代主义模式,套用传统文学批评标准和分析模式等问题。别现代、别现代主义和别现代美学、别现代主义美学等相关理论的提出,王建疆、基顿·韦恩、谢金良、肖明华、罗克·本茨等中外学者就这一理论进行的积极探索,以及周韧、赵诗华、罗小凤等学者就别现代理论对文学艺术及相关个案开展的研究,"囧""奇葩建筑""消费日本"等别现代美学形态的提出,为从别现代视域研究网络穿越剧,探究其美学特征提供了扎实的理论基础和良好的借鉴。而从别现代视角阐释国产穿越剧的尝试,也希望能对别现代理论的丰富和网络文艺本土化批评话语的构建有所增益。

《庆余年》是网络文学作家猫腻创作于 2007—2009 年的一部网络小说,网络点击量达到 2000 万,2019 年末改编为电视剧

---

① 王建疆:《别现代:主义的诉求与建构》,《探索与争鸣》2014 年第 12 期。

开播,受到热议。《庆余年》叙述的是患有重症肌无力的现代青年灵魂穿越到数万年之后的后人类文明时代,来到庆国,以庆帝私生子范闲的身份重获新生,带着现代文明的记忆逐渐成长最终搅动整个社会秩序的故事。原著作者猫腻被评价为以"爽文"写"情怀"的作家,在满足读者阅读快感的同时,保留着更多"人文性"的追求,希望带给读者更高层次的阅读体验,[①]这其实也意味着他自觉的美学追求。因此,本文将以《庆余年》这一部以穿越模式创作故事,拥有广大的读者群体,具备自觉美学追求的作品为例,从叙事模式、人物塑造、美学形态来分析网络穿越剧的别现代美学特征。

一、时间空间化的叙事体验

别现代哲学的重要理论基础是时间空间化。中国的社会发展并没有复制西方前现代、现代、后现代交替出现的模式,而是呈现出时空的复合性,前现代、现代、后现代同时并存,并收摄于同一空间之内。"在时间的空间化中,现代与前现代根本对立,后现代与前现代天然隔膜,因而内在的矛盾构成张力,势必导致别现代的多元并存属性、和谐共谋属性、内在张力属性、对立冲突属性、多变量属性和难以预测属性等。"[②]时间空间化,也就是人们看起来处在同一个物理时间,但文明却处于不同的时代。在穿越剧中,由于主角可以在不同的时空中自由穿越,从而使得

① 猫腻、邵燕君:《以"爽文"写"情怀"——专访著名网络文学作家猫腻》,《南方文坛》2015年第5期。

② 王建疆:《别现代:国际学术对话中的哲学与美学》,《西北师大学报》2017年第9期。

这种时空复合,前现代、现代和后现代同时并存的属性变得显性可感,呈现出一种杂糅的时间空间化审美形态。

1. 前现代、现代和后现代的时空杂糅。热拉尔·热奈特在他的叙事学理论中提出了故事时间和叙事时间的对立,叙事时间是指叙事文本中出现的时间,故事时间则是故事发生的自然时间。[①] 在穿越剧中,叙事时间和故事时间以及真正的历史时间不具有同一性,而它们又各自代表不同的文明时期。在《庆余年》中,就构建了三个不同的时空:一是"过去"——庆国所处的封建时代。这是故事时间,但它对应的并非"过去"的时间,而是"过去"的文明。故事中,"庆国"被设定为人类文明中断重启之后的时代,时间上这是"后人类文明"时代,但却是文明的"前现代"时期,这一设定为过去、现在、未来的时空叠加与差序并入提供了可能。这里充斥着封建帝国的权谋、杀戮、算计和人与人之间的奴役。二是"现在"——范闲原来所生活的现代时空。虽然剧集一开始主角就已经穿越到了庆国成为"范闲",故事的主要发生场域在庆国,但主角范闲仍旧保留了对现代文明的记忆,影片站在范闲的"现代"文明视角立场进行叙述。范闲的母亲叶轻眉,虽然没有直接出场却对情节推进举足轻重,她是从现代穿越来的工科博士,在庆国的十年间,发明了玻璃和肥皂、开设商号、创建了寄望于众生平等的监察院,留下了丰富的现代精神和物质文明。因此,故事中一明一暗两条叙事线其实仍旧是站在"现代"角度展开的。三是"未来"——以神庙为代表的未来时空。神庙是史前人类文明所留下的一个军事博物馆,这里有一台存

---

① 热拉尔·热奈特:《叙事话语 新叙事话语》,王文融译,中国社会科学出版社 1990 年版,第 11 页。

储了此前所有人类文明的中央集成电脑和一批机器人使者。神庙以阻止人类文明发展，试图控制其始终停留在冷兵器时代而避免文明的再次消亡为己任，可视为基于人工智能发展对未来人类生存空间的一种想象。过去、现实和未来三个时空交叉错置，穿越者范闲带着现代属性生活于封建时代，又受到代表着未来智慧的神庙的掌控与操纵。"当前与过去和将来一起构成了时间的特征。存在通过时间而被规定为在场状态。"①多种时空混合而成为一种新的存在，在这一混合时空中，不同的价值取向、生活习俗、文化逻辑等缠绕对抗，形成激烈的冲突。它们既因为不同立场而相互排斥，又因为充满陌生感而相互吸引，从而使其呈现出一种时空流动，前现代、现代、后现代交织纠葛的状态，推动了情节的戏剧性和富有张力的审美形态。

2. 前现代与现代的文明博弈。穿越剧在时间设置上的交叉错置、差序并入，使得它具有更为灵活、流动和延展的时空感。在前现代、现代、后现代并置的多维时空环境中，现代精神与前现代环境的格格不入，后现代文明与现代文明的对立冲突，使得不同时空文明之间在矛盾和博弈之中彼此渗透、相互影响，"对立冲突"与"和谐共谋"交替出现。

一是前现代与现代文明的"对立冲突"。在《庆余年》的明暗两条叙事线中，一条是保留着前世记忆的范闲与前现代文明的冲突碰撞，身在襁褓却拥有成人的智商，身处封建时代却心怀现代价值观，使得范闲成为异类和特例。比如：他坚持人人平等的价值观，给仆人传递"人生来一样，并无贵贱"的思想；他视地位

---

①　孙周兴选编：《海德格尔选集》（上），上海三联书店 1996 年版，第 662－663 页。

卑下的滕梓荆为知己。另一条叙事线则是从神庙中走出的叶轻眉，她心怀自由和平等的现代精神，带来了先进的物质文明，试图大力发展生产力，改变专权与独裁的封建统治。监察院外面刻着碑文："我希望庆国之法，为生民而立，不因高贵容忍，不因贫穷剥夺，无不白之冤，无强加之罪，遵法如仗剑，破魍魉迷祟，不求神明。我希望庆国之民，有真理可循，知礼仪，守仁心，不以钱财论成败，不因权势而屈从，同情弱小，痛恨不平，危难时坚心智，无人处常自省。我希望这世间，再无压迫束缚，凡生于世，都能有活着的权利，有自由的权利，亦有幸福的权利。愿终有一日，人人生而平等，再无贵贱之分，守护生命，追求光明，此为我心所愿，虽万千曲折，不畏前行，生而平等，人人如龙。"（第6集）这便是她现代启蒙精神的最好注解。与之相对的则是腹黑阴险，无情无义，视天下人为奴，为了维护封建秩序和皇权不惜代价的庆帝。原著中叶轻眉被庆帝设计和杀害，范闲选择与众人合力弑父，则代表了这种"对立冲突"进入了最高潮。

二是前现代与现代文明的"和谐共谋"。一方面是现代对前现代的渗入。这种渗入表现于现代文明对原环境的改造，改变了历史的进程和人物的命运，化解或者促成了重大的危机或改变。比如《庆余年》中范闲设计了一款"马桶"而声名大噪，范思辙因为范闲抄写的一部《红楼梦》而发家致富。这种渗入也表现为穿越者的现代精神对前现代环境和人物的强大影响与感召，比如穿越者叶轻眉协助庆帝登基改写了庆国的历史，而且以其现代精神烛照下的人格魅力感染和影响了陈萍萍、范建等人，使他们成为其精神的追随者。另一方面是前现代对现代的反向影响。没有充分现代化所产生的腐败横生、等级观念、尊卑有别等这些前现代意识随处可见，争权夺利、钩心斗角，腹黑权谋、残暴虐杀,以及男尊女卑等观念也比比皆是。即使有主角光环加身,不受现代道德和法律规范的范闲在另一个时空里却风流多情,也在与一众反派的斗争中耍弄权谋、不断算计,还存在"心要狠,地位才稳"的利己主义思想。

3.虚拟空间背后的"真实呈现"。"假如文化商品或文本不包含人们可从中创造出关于其社会关系和社会认同的他们自己的意义的资源的话,它们就会被拒绝,从而在市场上失败,它们也就不会被广为接受。"①如果穿越剧只是不着边际的幻想,那对于其的考察和分析就毫无意义,而作品本身也很难唤起读者的广泛共鸣。"网络文学是虚拟技术与艺术想象的产物,尽管其塑造的虚拟世界远远超出传统文学的边界,但从中同样可以凝炼出具有普适性的现实关怀,实现了虚拟美学中的现实感知。"②国产穿越剧构建的前现代、现代和后现代交织纠葛的虚拟空间,正是当前社会形态的现实再现。比如《庆余年》在命名上就体现出原著作者包容性的企图,"庆幸多出来的人生,在庆国度过余年,庆帝的国度进入了末期……还有一个意思,领导(爱人)在大庆,我想去大庆,共度余生"。既有重活一次塑造新我的祈愿,又有主角复仇的快意,还有原著作者在私人情感和家庭团聚上的渴望。同时,这个标题还暗合于《红楼梦》中"留余庆,留余庆,忽遇恩人;幸娘亲,幸娘亲,积得阴功。劝人生,济困扶穷"这首曲子,暗藏"因果报应"的传统文化思想。命名模糊了现实和虚拟之间的距离,显示出将多个时空纳于一体的尝试。而原著作者在谈到范闲风流多情的设定时,直白地表达:"以我对男人这种下半

① 约翰·菲斯克:《解读大众文化》,杨全强译,南京大学出版社 2001 年版,第2 页。

② 禹建湘:《网络文学虚拟美学的现实情怀》,《江海学刊》2020 年第 3 期。

身动物的了解，一旦真的投胎到庆国那种社会，尤其是范闲这种身世，十二岁亲丫鬟，十三岁骗丫鬟，十四岁得丫鬟，这才符合逻辑。然后他便将挥棒走天下，穷则独善其身，富则妻妾成群。"对范闲的这种预设，显然来自现实世界男性意识中残留的男尊女卑、三妻四妾的前现代思想映照。而在范闲的人生设定里，小小孩童时期就可以霸气地管教管家，不明身份时用板砖砸晕费介，身为皇帝私生子、伯爵养子，到京都后受到各方势力的簇拥，与郡主一见倾心，执掌监察院，手握内库财权，是"爽剧"对读者的迎合，又何尝不是别现代背景下大众对于权力、财富的极端崇拜与渴望的再现？

本雅明曾指出："作者和公众之间的区分就快要失去它最基本的特征了。差别仅仅是功能上的，它可以因具体情况而变化。在任何时候，读者都做好了变成一个作者的准备。"①约翰·菲斯克则认为"一个文本只有进入社会和文化关系中，其意义潜能才能被激活"。对于这部剧的热烈的网络讨论也展示了其背后真实呈现的本质。在知乎上关于"如果你是庆帝，你会杀叶轻眉吗"的帖子下，有人站在维护皇权、维护本阶级利益的角度认同庆帝的无情杀戮；有人站在男女性别力量制衡的角度理解庆帝的无奈，默认女性不应掩盖男性伴侣的光芒；有人站在家庭人伦的角度，认为庆帝不应该诛杀身为妻子、母亲的叶轻眉；有人从恩将仇报、懦弱自私的角度批驳庆帝的冠冕堂皇；还有人从个人主义的角度出发认为皇权只是囚笼，"成天为了屁大点的权力和虚荣心去蝇营狗苟，有意思吗？"其中既有优胜劣汰的达尔文主

① 汉娜·阿伦特：《启迪：本雅明文选》，张旭东、王斑译，生活·读书·新知三联书店 2008 年版，第 251 页。

义,理直气壮地认同权力至上;有道德论者,将对庆帝的批判退到私人领域;还有男性中心主义、个人主义等。多元混杂的价值立场,难以弥合的立场鸿沟,正是现代意识与后现代意识并存的现实。

二、英雄解构的消费狂欢

英雄是对拥有超出凡人的能力、智力、神力的杰出人物的一种统称。文明时期的英雄往往有着阶级、道德、地域的不同属性。在古典时期,英雄的形象是光正伟岸的,是正义的、道德的、智慧的。随着社会发展,英雄变得大众化和平凡,更注重对共同价值的坚守。别现代时期时间空间化的社会形态,使得英雄的线性传承和延伸空间消失了,而成为一个充满随机性和可塑性的三维体。消费主义盛行、后现代解构主义兴起,英雄不再因其崇高和神圣而成为"精神和道德的象征",相反成为"大众消费和娱乐的对象",遭到解构、戏谑、嘲弄。[①] 穿越剧中,普通人可以通过穿越获得智知和技能上的极大优越,通过奋斗走上成功之路,甚至可以改写历史,英雄空间得到扩大,英雄的成功由许多随机事件组成而被随意赋形,英雄的使命由崇拜和模仿走向消费和娱乐。

1. 英雄空间的扩大。"所谓英雄空间,就是由英雄期待与英雄本领之间,英雄精神与英雄形象之间构成的多重矛盾体所带

---

① 王建疆:《别现代的空间遭遇与时代跨越》,《中国政法大学学报》2018 年第 3 期。

来的创造空间和想象空间。"①成为消费品的英雄,不再是道德和精神的象征,拥有巨大的塑造空间。别现代的多元价值取向导向了英雄观的多元特征,每个人根据自己的审美和价值观对英雄有着迥然不同的想象。这个巨大的英雄空间,王建疆又将其称为"英雄盛宴",其中包括"经典英雄、当代英雄、道德英雄、职业英雄、神武英雄、平凡英雄、恶魔英雄、游戏英雄等等"②。从这一称呼中就可以得知,这些英雄无论有着怎样的属性,他们的根本作用都在于消费。穿越剧因为其汪洋恣肆的想象和灵活流动的时空,具备了更为广阔的英雄空间:时间上可突破前现代、现代与后现代的桎梏;类型上可实现多元同一;借助时空的变化和"金手指",可以轻易地实现普通人的"英雄化",使读者的感官从对英雄的"仰视"转变为"代入",产生更为强烈的审美快感。在《庆余年》中,有坚守现代价值观,实力、智慧、财富、人格魅力都无人能敌的叶轻眉式神武英雄;有自律刻苦、功夫高深、权倾朝野、人脉通天,同时又以保护身边人、过闲散生活为目标的范闲式平凡英雄;有谋略超人、阴险狠辣、深藏不露的庆帝式反派英雄;有一心追随叶轻眉,守护其理想、辅佐其骨肉,万死不辞的陈萍萍式英雄;还有武功高强、寡言少语、永远不老、对人类忠贞不贰的五竹式机器人英雄……多元并置的英雄观产生了多元英雄谱系,别现代时期大众的多元价值取向使得他们受到不同观众的欢迎,就连庆帝的残忍暴虐也因为其封建帝王的设定而被部分观众理解甚至认同。

---

① 王建疆:《后现代语境中的英雄空间与英雄再生》,《文学评论》2014年第3期。

② 王建疆:《别现代的空间遭遇与时代跨越》,《中国政法大学学报》2018年第3期。

2.英雄的随意赋形。穿越剧的幻想式世界构造,使得人物通过随机化方式就能获得人生成功和价值实现,阴差阳错间就可以改变历史进程和他人命运。这种随机性使得故事情节波澜起伏、引人入胜,也契合了观众"快意恩仇"的渴望,增强了故事带来的"爽感"。在《庆余年》中,范闲的成功处处藏着随机:随机地穿越到了庆国,成为庆帝的私生子,有一个同为穿越者的妈妈(叶轻眉),拥有一名武功高强的保护者(五竹),被司南伯爵收养,经皇帝的奶妈(奶奶)养大,与郡主结亲,甚至因为抄写了《红楼梦》和名家诗词而在这个时空名声大噪、名利双收。"看轻天下须眉"的叶轻眉因为神庙的力量加持,可以让肖恩和苦荷成为大宗师,让最不得势的世子成为帝王,凭借做玻璃、肥皂等技能而富甲天下,在这个冷兵器时代还拥有一杆占据绝对力量优势的狙击枪。贪财吝啬"妻管严"的王启年出场时只是监察院的一个小文书,却有着无人能及的追踪术,还有各种稀奇古怪的小发明,简直没有给钱办不成的事,成为范闲的万能助攻。在这些设定中,角色们的人生仿佛是网络游戏中的升级打怪,他们不但拥有传奇的设定,还能不时地得到各种道具和助攻。但英雄的随意赋形并不否定其应具有的担当性,只是英雄形象不再崇高、神圣,而变得琐碎和滑稽。

3.英雄的解构。大众的"英雄情结"给英雄复魅留下了空间,但在消费主义下,一本正经的英雄复魅却又容易遭到观众的反感和厌弃。去崇高化、重娱乐性就成为穿越剧中英雄塑造与人物描写的重要策略。《庆余年》中,主角范闲从一名重症肌无力患者穿越为庆帝私生子,从行动受限到武功高强、智勇双全、潇洒不羁,他的英雄属性毋庸置疑。但同时,他又显得怯懦自私、贪生怕死,他平生所念也不过"一生平安,富甲一方;娇妻美妾,倜傥风流"(第4集)。原著作者猫腻曾毫不留情地批判他"贪生怕死,好逸恶劳,喜享受,有受教育之后形成的道德观,执行起来却很俗辣,莫衷一是,模棱两可,好虚荣,惯会装,好美色,却又放不下身段……他最值得欣赏的优点,大概便是勤奋与努力生存、谋求更好生活的精神"。猫腻曾说自己不喜欢范闲,但最后又说:"好吧,最后说,我是喜欢范闲这个人的,因为他就是我们。"得到各种力量庇护、人生"开挂"的范闲不是真正意义上的理想主义贵族,而是纠结又矛盾的底层"屌丝"。他"不输在起跑线"的竞争心态和不敢松懈的勤勉努力,与阶层固化、社会内卷化压力中的草根阶层精神共鸣;他争夺权力又轻易弃掷,面对各方势力虚与委蛇,却也为了守护亲人奋起反抗,与曾经激扬梦想、又在生活的打磨中日益平庸的平凡大众相契。就算是作为启蒙者与先行者而存在的叶轻眉,事实上肩负着变革技术与制度、启迪民智、为民请命的使命,但却并不仅仅闪耀理想主义的光芒。她在留给五竹的信里写道:"老娘来过,看过,玩过,当过首富,杀过亲王,拔过老皇帝的胡子,借着这个世界的阳光灿烂过,就差一统天下了,偏生老娘不屑,如何?""我很孤单,这个世界上人来人往,但我仍然孤单。"(第28集)这又让她带有自由主义和虚无主义意味。与日常伦理的亲近,个性化的生命诉求,使得英雄下凡而变得触手可碰。还有以阴谋为业却为守护他人理想而惨烈去世的陈萍萍;爱财如命令人啼笑皆非却又重情重义的范思辙;擅长溜须拍马,财迷、搞笑又忠诚的王启年。"在消费时代,伪英雄因为美学而被欣赏,而不是历史人物作为真实英雄被崇拜、被模仿。"①人物的使命不是承担宏大主题和时代使命，而是让观众在虚拟的想象中代入式满足人生体验、实现个人价值，并以滑稽、逗乐的方式使观众获得感官的快感，完成对英雄的消费。

远古的图腾崇拜时期，人类就开始了对英雄的崇拜和渴望。这种文化积淀和心理情结，使得英雄成为人们精神上挥之不去的渴求。*Contemporary Heroes and Heroines* 一书中指出："我们坚定地渴望英雄，是因为只有英雄能给我们力量去克服自我的短处，如果得不到这种力量，我们都得遗憾地死去。"英雄的塑造是文艺作品的重要使命，是文艺发挥其教化作用的重要媒介。穿越剧使英雄空间进一步扩大，英雄复魅变得可能；英雄形象的生动和亲切，使得读者有更强的代入感。英雄的消费带来剥离了意义的娱乐化和审美化，但"一个国家、一个民族、一种文化不能没有灵魂，无论网络文学还是传统文学，它们在带给大众娱乐精神的同时，还需要担负启迪思想、陶冶情操、温润心灵的重要职责，承担以文化人、以文育人、以文培元的使命"②，在挣脱了叙事束缚之后，如何让人物承载更多的意义和情怀，带来更好的示范和启示，是穿越剧生产者以及批评者们需要思考的问题。

三、"爽"作为一种审美形态

"爽"是一个在中国古典美学中就已经存在的审美范畴。

---

①　王建疆：《别现代的空间遭遇与时代跨越》，《中国政法大学学报》2018 年第 3 期。

②　欧阳友权：《网络文学虚拟审美的娱乐边界》，《社会科学辑刊》2021 年第 1 期。

《说文解字》中对"爽"的释意是:"爽,明也。"①在古典美学中,"爽"可以用于评价人物的品格和个性,说明人物之豪爽、干脆、畅快,如《世说新语》中评价身长七尺的嵇康,"萧萧肃肃,爽朗清举"②。评价卫玠的舅舅王武子,"俊爽有风姿"③。"爽"可以用于品评诗画,意指书画之清新雄健,如萧衍评价蔡邕的书法"书骨气洞达,爽爽如有神力"④。"爽"也可以品评诗文,如刘勰评价曹操父子的诗文"气爽才丽"⑤。"爽"还可以用于对自然环境的描摹,如王维之"若见西山爽,应知黄绮心"。孙玮志指出在中国古典美学中,"爽"具有力度、色调、形态等方面的审美质素,形成了一个庞大的"爽"范畴家族,"其审美内核始终坚守了超越阻滞和有限、追求自由和无限、追求郁勃生命力的精神向度""是一个兼有传统积淀和现代活力的审美范畴"。⑥ 网络文艺批评体系中的"爽"最早来源于读者评价,崔宰溶从网络文学现场捕获了这个词,把它作为网络文学"土著理论"纳入网络文学批评体系,并提出了一种主动拒斥"深刻性"而追求即时、单纯快感的"爽"的文学观。⑦ "爽感"分为占有感、畅快感、优越感、成就感,为了制造"爽感",经常运用先抑后扬、金手指、升级、"扮猪吃老虎"等叙事策略。⑧ 在穿越剧中,"穿越"成为故事中的最大"金手指",它

---

① 许慎:《说文解字》,中华书局 1987 年版,第 70 页。

② 刘义庆:《世说新语译注》,上海古籍出版社 2007 年版,第 288 页。

③ 刘义庆:《世说新语译注》,上海古籍出版社 2007 年版,第 299 页。

④ 黄简:《历代书法论文选》,上海书画出版社 1979 年版,第 81 页。

⑤ 刘勰:《文心雕龙义证》,上海古籍出版社 1989 年版,第 243 页。

⑥ 孙玮志:《中国古典美学"爽"范畴探微》,《学术交流》2015 年第 6 期。

⑦ 崔宰溶:《中国网络文学研究的困境与突破》,北京大学 2011 年博士论文。

⑧ 黎杨全、李璐:《网络小说的快感生产:"爽点""代入感"与文学的新变》,《海南大学学报(人文社会科学版)》2016 年第 5 期。

让主角在思想观念、知识技能等方面拥有超于"常人"的优越感。主角穿越前的平凡让观众可以轻易代入，而穿越之后即可合情合理地情场得意、人生开挂、风生水起，满足观众意淫的需要，获得极大的"爽"感。

"爽"因其在媒介时代与网民表达需要契合而成为一个流行的网络词，随之被纳入网络文艺批评体系。评价网络文学时使用的"爽"，与"X一时爽，一直X一直爽"等网络流行构式并无根本不同，与中国古典美学中的"爽"范畴同样存在传承关系，尤其在"超越阻滞、追求自由"的精神向度上具有同一性。"爽"不只是一种文艺创作观，也是一种属于网络文艺的审美形态，是对当下文化内蕴、人生境界、审美情趣的展现，它以根植于前现代中国文化土壤的"乐感"文化为根基，借用前现代文化母题，采取后现代的表现手法，展现了别现代的精神内核。国产穿越剧中"爽"这一审美内涵有着明显的前现代、现代、后现代烙印，体现出别现代审美的"多元共谋与内在紧张"①属性。

1."乐感"文化根基。李泽厚曾经指出，西方文化是"罪感文化"，每个人都带着"原罪"，要征服自己、改造自己，通过奋勇斗争赎罪才能再次回到上帝的怀抱。与此相对，中国文化则是一种实用理性支配下的"乐感文化"。不管是儒墨老庄还是佛教禅宗，都非常重视感性心理和自然生命，都要求为生命、生存、生活而积极活动。中国人也不追求精神的"天国"，"从幻想成仙到求神拜佛，都只是为了现实的保持或者追求世间的幸福和快乐"②。因此，中国有着源远流长的俗乐文学基础，包括从《诗经》"国风"

---

① 王建疆：《别现代时期"囧"的审美形态生成》，《南方文坛》2016年第5期。
② 李泽厚：《中国古代思想史论》，人民出版社1985年版，第306—316页。

到南北朝民歌，从唐传奇、宋代话本到元代杂剧、明清章回小说，又从新鸳鸯蝴蝶派到金庸的武侠、琼瑶的言情。网络文艺对"爽"的追求传了"乐感"文化的本性，而在穿越剧中，"爽"感的实现是对网络"爽文"的视觉呈现，借鉴了前现代俗文学中的文化母题、叙事策略、表意技法等。首先，在文化母题上，穿越剧主题中的争夺权力、建功立业、打怪升级、修炼得道、多金多情、左拥右抱（多为男性视角）或一见钟情、忠贞不贰（多为女性视角）等在传统俗文学中都可以找到踪迹，比如《庆余年》中的建功立业模式与《三国演义》中的桃园结义、逐鹿天下异曲同工，而其中主角范闲有美貌妻子（林婉儿），有红颜知己（海棠朵朵），有痴情"迷妹"（司理理），这一情感模式则与金庸小说中的韦小宝、张无忌等类似，也与蒲松龄《聊斋志异》中被各类美貌妖精青睐的书生相仿。其次在叙事策略上，"爽"感的实现有其固定模式，主角虽然会遇到不少的困难和挫折，但最后都会取得胜利，坏人则会遭到报应。而且，主角每次遇到困难，都能在较短的时间内得到解决，没有解决不了的困难和长时间无法解决的难题。这种影视叙事策略与《西游记》中"九九八十一难"的设置如出一辙。《庆余年》中，范闲总能提前布局，化难题于无形，即使遇到解决不了的困难，也总有五竹、陈萍萍、费介、庆帝、王启年、海棠朵朵、司理理等护卫团、智囊团帮他逢凶化吉。主题的夺权建功、寻宝升级和白头偕老，过程的苦难有偿、逢凶化吉，结局的皆大欢喜、团圆美满，观众对"爽"的感知仍旧是基于前现代的文化、思想、审美基础，"爽"体现出一种前现代的审美情趣。

2. 后现代表现手法。网络剧的"爽"感实现，在叙事母题上是前现代的回归，在表达上却采取了很多后现代手法，如戏仿、拼贴等。"戏仿是一种独具特色的文学艺术创作方法，它通过对前文本的带幽默滑稽意味的模仿和转换以实现对该文本的形式和主题的致敬、玩味、批评等复杂矛盾的意图"①。戏仿在西方历史悠久,古希腊时期就已经非常繁荣。穿越剧中的戏仿主要体现在对历史人物、经典文本以及当下社会文化的戏仿。比如《步步惊心》中,四爷雍正胤禛和八爷胤禩等人物,颠覆了其原有的历史形象而变得深情专一。在《庆余年》中对人物的戏仿多通过谐音增强文本的滑稽意味,范闲、范建的名字与"犯嫌""犯贱"谐音,善于谋略的陈萍萍的名字脱胎于西汉谋士陈平。主角范闲丰富的古典文学知识成为"金手指"之一,他默写的《红楼梦》风靡庆国,一时洛阳纸贵,还直接促成了澹泊书局的设立,而他凭借杜甫的《登高》更成为闻名庆国的才子,这些体现了对经典的致敬。拼贴是"一种即兴或改编的文化过程,客体、符号或行为由此被移植到不同的意义系统与文化背景之中,从而获得新的意味"②。国产穿越剧把拼贴手法运用得淋漓尽致,"魂穿"类穿越剧实现了不同时代人物之间的身份拼贴,时间空间化形成了语言、场景、文化、价值观的拼贴。小范闲跟费介学习用毒,尸体解剖时面对尸体感慨"都是细菌",还要求戴手套,没有见过外科手套的费介不知所云(第1集);范若若谈到《红楼梦》时,借用范闲的现代语言"求更新"(第2集);范闲听说叶轻眉做的商号被皇室称为"内库"(谐音"内裤")马上质疑:"这名字谁起的啊?如此不雅。"让范建颇为困惑:"这名字如何不雅了?"谈话中范闲还说父亲范建一直在聊"八卦",是不是看上长公主了(第4集)。

---

① 程军:《西方文艺批评领域"戏仿"概念的界定》,《南通大学学报(社会科学版)》2013第6期。

② 约翰·费斯克等:《关键概念:传播与文化研究辞典》,李彬译注,新华出版社2004年版,第1页。

现代场景和现代语言的运用,让观众自然代入获得优越感和愉悦感。范闲与范若若、范思辙去一石居吃饭,一个贩卖《红楼梦》的妇人做贼一样地磨蹭了过来,问:"要书吗?禁书。"范闲回答:"这话听着熟悉,卖书?还卖盘吗?"(第5集)这一场景是现代场景的异时空迁移,诙谐搞笑又别有意味。拼贴手法的运用使得古今、中外、雅俗等不同风格和语境的语言杂糅交错,趣味盎然,让人捧腹;场景的迁移和价值观的碰撞也使得场景变得滑稽搞笑。

3. 别现代精神内核。在网络穿越剧中,生活场景是前现代、现代与超现代多元并存的,故事内容的意旨是前现代与现代杂糅的,在前现代与现代的冲突、矛盾中,后现代的戏仿、拼贴、英雄解构等手法起到了中和作用,使得整个故事变得娱乐化、戏剧化。穿越剧的成功在于它没有回避前现代、现代、后现代交织的别现代性,而是采用具有不同时代特质的艺术手法实现了前现代、现代、后现代的混搭,表现出别现代美学特征,极大限度地让读者产生代入感,满足"意淫"需要,得到释放和快乐。而观众在穿越剧中获得的"爽",这种时空转换后的美梦成真,受尽屈辱之后的扬眉吐气,与观众在别现代时期多元思想涌动、内在对立紧张的社会精神结构下的需求相应和。"爽"这一审美形态会得到观众的喜爱,正是因为现实的沉重和迟滞:前现代的宗族观念、男权文化阴影未散,现代充满了激烈的竞争和"内卷"压力,后现代又充斥着冷漠和疏离,而"爽"的畅快、自由与舒展则能使观众暂时挣脱开这一切。作为一名"学者粉",邵燕君在采访作者猫腻时说:"我觉得你那个'情怀'是我最欣赏的部分,也是最'爽'的部分。"猫腻自己也认为:情怀与爽文并不对立,它们分别满足读者不同层次的需要。① 邵燕君也曾指出："'以爽为本'对'文以载道'（或'寓教于乐'）最根本的抵抗在于，'爽文'不是不可以载道，但也可以不载道。"②可见"爽"并非不能承载或者搭载意义，"载道"或者"不载道"是"爽"之外的另外一个维度。在以娱乐化和审美化的方式化解身处别现代时期的人们的焦虑和欲望，实现"心理疗愈"的同时，把"情怀""意义"等代表的正能量价值观移植到快感机制之中，应该是穿越剧健康发展的追求。

谢姣，中南大学文学与新闻传播学院博士研究生。

---

① 猫腻、邵燕君：《以"爽文"写"情怀"——专访著名网络文学作家猫腻》，《南方文坛》2015 年第 5 期。
② 邵燕君：《以媒介变革为契机的"爱欲生产力"的解放——对中国网络文学发展动因的再认识》，《文艺研究》2020 年第 10 期。

跨媒体叙事视野下的国产推理类网络剧研究

李　艳

　　2020 年暑期档的国产网络剧市场异常热闹,尤其是腾讯、爱奇艺、优酷三大视频平台自制的悬疑短剧佳作频出,引发广泛讨论。比如《白色月光》和《摩天大楼》,凭借演员的精湛演技以及悬念迭出的剧情不断制造热点话题,吸引网友参与讨论。再比如爱奇艺"迷雾剧场"连续推出五部悬疑短剧——《十日游戏》《隐秘的角落》《非常目击》《在劫难逃》《沉默的真相》,将这股悬疑热潮推至极点。《隐秘的角落》和《沉默的真相》两部剧更是以缜密的逻辑推理和探索社会问题的深度而为人称道。聚焦青少年犯罪题材的网剧《隐秘的角落》让演了多部文艺片的电影演员秦昊成功"出圈",他在剧中的台词"我还有机会吗"一度成为网络热词。《沉默的真相》更是以豆瓣评分 9.0 的成绩,直追 2015 年的古装剧《琅琊榜》(豆瓣评分 9.4)和 2008 年的《潜伏》(豆瓣评分 9.4)。

　　有研究者称,"全球市场反应也一再证实:犯罪题材的网络剧无论是现在还是未来,都存在着巨大的生产和消费需求。"①推理类网络剧受到强烈追捧的背后,既有着深厚的网络推理文化做铺垫,也包含了跨媒体改编的叙事机制。因此,本文拟从网络推理文化的发展脉络切入,结合亨利·詹金斯②(Henry Jenkins)的跨媒体叙事理论,剖析当下网络推理剧的生成基础,预测推理类网络剧的发展趋势。

一、网络推理文化的历史溯源

近年盛行的网络推理剧大多数由知名推理小说改编而来。《摩天大楼》改编于台湾作家陈雪的同名小说,《无证之罪》《隐秘的角落》《沉默的真相》的原著小说皆出自网络小说作家紫金陈③。网络推理小说也在影视化改编的过程中为更多读者所熟知。如雷米④的"心理罪"系列,紫金陈的"推理之王"系列,秦明⑤的"法医秦明"系列,以及周浩晖的"死亡通知单"系列。周浩晖的畅销小说《死亡通知单》被改编为网络剧《暗黑者》之后,原著小说再版时更名为《暗黑者》,可以想见网络剧的传播对原著小说的影响。日本作家东野圭吾当是国内读者最为熟知的推理作家。他的小说《解忧杂货店》《嫌疑人 X 的献身》曾在 2016 年、2017 年被中国导演改编成同名电影。2020 年,爱奇艺"迷雾剧

① 谢彩:《推理小说、游戏的科学主义倾向与 AI 创作》,《写作》2019 年第 4 期。

② 亨利·詹金斯,美国著名的传播和媒介研究学者。1992 年出版的代表作《文本盗猎者:电视粉丝与参与式文化》被认为是"粉丝"研究的开山之作。

③ 紫金陈,本名陈徐,网络小说作家。代表作品:《高智商犯罪》《无证之罪》《坏小孩》《长夜难明》。

④ 雷米,犯罪心理学教师,网络小说作家。代表作品:《心理罪》《殉罪者》。

⑤ 秦明,法医,网络作家。代表作品:《法医秦明》《守夜者》。

场"推出的首部悬疑剧《十日游戏》便是由东野圭吾的小说《绑架游戏》改编而成。

除了推理类网络剧之外,由芒果 TV 制作的国内首档网络推理综艺节目《明星大侦探》因明星加盟、悬疑推理、实景再现等多种元素的运用备受关注。该节目连续播出 8 季,并衍生出一款剧本杀游戏社交软件"百变大侦探"APP。值得注意的是,《明星大侦探》在多期节目中所使用的推理故事也依托于推理类影视作品和小说作品。比如第 5 季第 12 期节目《北方慢车谜案》的创意来源于阿加莎·克里斯蒂的《东方快车谋杀案》。第 6 季第 5 期节目《忘忧杂货铺》致敬了东野圭吾小说《解忧杂货店》。

综合以上介绍来看,国内推理文化的热潮背后有着强烈的推理文学印记。涉及的推理作家既有"推理黄金时代三大家"——阿加莎·克里斯蒂(Agatha Christie)、埃勒里·奎因(Ellery Queen)和约翰·迪克森·卡尔(John Dickson Carr),也少不了阿瑟·柯南·道尔(Arthur Conan Doyle)、东野圭吾这样大众传播度较广的推理小说家,还有以悬疑推理见长的国内网络作家,如紫金陈、雷米、周浩晖等人。追溯起来不难发现,当下网络推理文化热潮的出现并非偶然,20 世纪 90 年代后期互联网落地中国,推理爱好者聚集在网络上,逐渐发展出推理门户网站、网络社群、推理电子书等平台,为后来的推理作品出现奠定了基础。

2005 年正值美国推理小说家曼弗雷德·班宁顿·李(Manfred Bennington Lee)和弗雷德里克·丹奈(Frederic

Dannay)诞辰 100 周年之际,国内埃勒里·奎因[1]迷推出了一部纪念作家和作品的实体书《奎因百年纪念文集》。该书"发动了一切可以发动的力量,在各大推理论坛邀请对奎因有一定了解的朋友写文章、小说和翻译。组织稿件花费了长达 3、4 个月的时间"。[2] 在该书前言《网络时代的侦探小说传播》一文中,主编ellry 全面回顾了互联网诞生之后,中国侦探小说和推理迷群体的发展历程。据他介绍,推理网络阵地的主要形式有:推理主题的门户网站、推介原创小说的推理之门论坛、带有同人志性质的推理之门会刊,以及阿加莎·克里斯蒂中文站之类的专题网站等。其中,推理之门论坛在侦探小说的网络传播中起着至关重要的作用。"它以论坛为主(早期也设有聊天室),又具备了门户网站的特点,在模式上比较理想。内容上,它以原创小说、每周谜题和推理评论为三大特色。从推理之门走出了不少目前在国内原创侦探小说领域小有名气的作者,诸如罗修、水天一色等。他们走向平面媒体之前,已经在推理之门发表了大量原创小说,积累了丰富的经验和广泛的人气。而推理评论板块将原本分散在中国各地甚至世界各地的华人聚集起来,提供了一个交流的平台。……网络带来的信息量是以往各自为政的阅读模式下难以想象的。"[3]除了能够汇集推理文本信息之外,类似阿加莎·克里斯蒂中文站这样的专题网站,也能为小众爱好者建立一个深入解读文本和作者的平台。"在这里几乎可以找到与侦探小说

---

[1]　埃勒里·奎因是美国推理小说家曼弗雷德·班宁顿·李和弗雷德里克·丹奈表兄弟二人使用的笔名。

[2]　ellry:《网络时代的侦探小说传播》,https://book.douban.com/reading/10584153/.

[3]　ellry:《网络时代的侦探小说传播》,https://book.douban.com/reading/10584153/.

女王相关的任何资料和深度的评论研究文章。从小说列表、影视改编到作家传记、侦探介绍，包罗万象。论坛里的热心网友还自发翻译了阿加莎·克里斯蒂的非侦探小说以及非克里斯蒂创作的改编剧本等。"①

互联网的诞生，为推理迷们提供了构建推理世界的可能空间。而欧美、日本等国家的推理小说及相关影视作品，也催生出一批推理知识丰富、热衷传播推理文化的受众。这批受众既是网络推理文化的接受者，也是传播者。或许可以借用亨利·詹金斯对科幻迷、电视迷的界定，将热爱推理的这部分群体界定为"推理粉"。

在《文本盗猎者：电视粉丝与参与式文化》一书中，亨利·詹金斯这样描述"粉丝"行为。"粉丝阅读则是一个社会过程，其中独立个体的阐释通过与其他读者持续互动而逐渐形成并加强。"②另外，"对于粉丝圈来说并不存在读者和作者之间的明确界限。粉丝并非仅消费业已创造出来的故事，他们会创造自己的同人志作品和小说、同人画、歌曲、视频、表演等等。……如此形成的粉丝圈成为扩散于整个地球的文化和社会网络。粉丝圈在这里成了一种参与式文化，将媒体消费变成了新文本的生产，或者毋宁说是新文化和新社群的生产"。③

以此来对照《奎因百年纪念文集》主编在前言《网络时代的侦探小说传播》中所描述的推理爱好者群体，几乎可以一一对

---

① ellry:《网络时代的侦探小说传播》，https://book. douban. com/reading/10584153/.

② 亨利·詹金斯:《文本盗猎者:电视粉丝与参与式文化》，北京大学出版社2016年版，第44页。

③ 亨利·詹金斯:《文本盗猎者:电视粉丝与参与式文化》，北京大学出版社2016年版，第44页。

应:推理粉丝通过论坛、网站与华人圈的推理爱好者们互动交流;创办同人志刊物,参与到推理叙事的建构之中。亨利·詹金斯试图打破大众对粉丝(fans)即疯狂(fanatic)的误读,"理解粉丝的特殊话语构成背后的逻辑"①。这与本文的立场不谋而合。基于此,下文将从亨利·詹金斯的跨媒体叙事理论出发,进一步解析推理类网络剧的现状及发展趋势。

二、推理类网络剧的跨媒体叙事解读

亨利·詹金斯最早在《数字转型时代的理论建设》一文中描绘过"跨媒体叙事"的初步设想,"数字媒体把某些互动机会组织到文本当中,为完成对故事世界更丰富、更生动的再现提供了资源,但这也排除了其他互动的机会,它们有可能来自一个不难枯竭的叙事世界"。② 此后又在著作《融合文化:新媒体和旧媒体的冲突地带》中以电影《黑客帝国》为例详细论述了跨媒体叙事的概念及特征。"我把《黑客帝国》现象当作跨媒体叙事来描述,这样一个跨媒体故事横跨多种媒体平台展现出来,其中每一个新文本都对整个故事作出了独特而有价值的贡献。跨媒体叙事最理想的形式,就是每一种媒体出色地各司其职,各尽其责——只有这样,一个故事才能以电影作为开头,进而通过电视、小说以及连环漫画展开进一步的详述。"③

① 亨利·詹金斯:《文本盗猎者:电视粉丝与参与式文化》,北京大学出版社2016年版,第15页。

② 亨利·詹金斯:《数字转型时代的理论建设》,《电影艺术》2010年第5期。

③ 亨利·詹金斯:《融合文化:新媒体和旧媒体的冲突地带》,商务印书馆2015年版,第156页。

在詹金斯的叙述中,跨媒体叙事并非指向那种在多个媒体平台上进行简单重复的文本。要想成为《黑客帝国》这样的跨媒体叙事文本,须得满足几个重要条件:首先,作品必须具备一个"高度完备的世界";其次,作品必须是"百科全书式的"。[①] 具备这两个前提的作品,才有可能给观众/粉丝提供足够深广的探索空间,让他们在电影的故事世界中寻觅未知信息。詹金斯试图通过这个理论找到一条讲述故事及创造娱乐的路径,让消费者和媒体从业者产生情感联系,让叙事成为推动产业发展的根本动力。跨媒体叙事需要媒体公司具有强大的资源整合能力,并且能在创意策划阶段就将叙事体系搭建起来。唯其如此,才能充分利用不同媒体的特点,最大限度开发一个故事文本的叙事潜力。

这一跨媒体叙事的宏伟蓝图在网络用语中常被形容描述为"某某宇宙"。美国漫威漫画公司打造的"超级英雄"系列电影——《蜘蛛侠》《金刚狼》《钢铁侠》《美国队长》《复仇者联盟》等,创造了诸多栩栩如生的超级英雄角色,被统称为漫威电影宇宙(Marvel Cinematic Universe,缩写为 MCU)。在电影宇宙之外,漫威还制作出《神盾局特工》等统一在漫威宇宙观之下的系列剧集作为补充。

从建立故事宇宙的角度来讲,国内推理类网络剧尚未出现《黑客帝国》、漫威超级英雄式的跨媒体文本,但整体来看,又有着独具本土特色的推理宇宙架构。试以《白夜追凶》《法医秦明》《心理罪》等网剧举例。

---

① 这里,"高度完备的世界"和"百科全书式的作品"两个观点来自英国哲学家、符号学家安伯托·艾柯,詹金斯引用了他的观点来论述《黑客帝国》成为跨媒体叙事典范的可能性。

改编自同名小说的网络剧《法医秦明》于 2016 年推出，徐昂导演，张若昀、焦俊艳等人主演。趁着火热的势头，该剧出品方搜狐视频和博集天卷影业接着打造了《法医秦明 2 清道夫》(2018)，包括导演和主演在内的主创换了新面孔。但同一出品方和编剧团队在一定程度上保证了两部剧集的延续性。之后，制作版权开始分散。2018－2019 年，共有 5 部网络剧在视频平台播出。分别是：企鹅影视出品、腾讯视频独播的《法医秦明之幸存者》(2018)，《法医秦明之血色婚礼》(2019)，《法医秦明之致命小说》(2019)，《法医秦明之亡命救赎》(2019)；奇树有鱼、广东精鹰出品，芒果 TV 独播的《法医秦明之车尾游魂》(2018)。此外，2019 年，由小说改编的电影《秦明·生死语者》上映。

相比之下，以《心理罪》小说为蓝本改编的网络剧更注重主人公成长轨迹的延续性。《心理罪》第一季(2015)讲述男主人公方木学生时代与警察联手破案的故事。《心理罪》第二季(2016)则紧扣第一季的结局，从方木成为干警之后的故事开始讲起。2017 年，有两部改编电影上映。《心理罪》由廖凡、万茜等人主演，主要取材于《心理罪：画像》；邓超主演的电影《心理罪之城市之光》(2017)则主要改编自《心理罪：城市之光》。两部电影与网络剧之间并无人物、事件等关键细节的互动，只是同一文本在不同媒体平台的改编。

尽管以上所列举的改编作品，较少在故事情节上交织，但基于同样的故事背景和人物设置，不同媒体文本之间又存在互动的可能性。

故事场景是连贯多部跨媒体文本的一大基础。例如《心理罪》里的绿藤市，《法医秦明》里的龙番市，都是作者创作小说时虚构的城市，这种设定在其他网络剧中也颇为常见。2017 年在优酷网播出的热播网剧《白夜追凶》也将故事发生地设置为虚构的津港市。

人物和剧情上的互动也是跨媒体叙事的一大策略。例如《白夜追凶》和《重生》两部剧，编剧在故事情节的安排上有意识让《白夜追凶》里的刑侦支队队长关宏峰参与《重生》的"7·14枪案"侦查。观众便会看到《白夜追凶》的人物出现在《重生》的画面中。这样既强化了观众对同一时空体系下的虚拟推理世界的记忆，也为故事宇宙的建立即跨媒体叙事带来可能性。

还有的推理网络剧跟同名改编电影进行了剧情和人物上的联动。最具代表性的当数陈思诚监制的网络剧《唐人街探案》（2020）。该剧并未照搬陈思诚导演的同名系列电影中的情节和人物。影片的主要人物秦风和唐仁也不作为主角出现在网剧中。网剧《唐人街探案》的男主角林默被设计为唐仁的徒弟，故事发生地设置在泰国，秦风和唐仁偶尔在彩蛋中亮相，提醒观众电影和网剧之间的关联。网剧的故事情节几乎是另起炉灶，又在事件和时间线上和同名电影实现互联。2021年春节档上映的电影《唐人街探案3》中，网剧中的人物林默等人也亮相在大银幕上，为电影中的角色助力。这对电影观众来说无疑是一种挑战，于导演而言也是一次叙事的冒险。陈思诚试图建构一个唐人街探案宇宙，实现人物、事件、世界观的联动效应，达到詹金斯所说的让"每一个新文本都对整个故事作出了独特而有价值的贡献"，这必然要依靠观众的主动参与才能实现。"从营销的角度来衡量一部剧的成功，可以有三个标准：覆盖率、观众构成、参与度。"[①]但当观众参与度越来越高时，不可避免地会刺激商业生

---

① 谢彩：《推理小说、游戏的科学主义倾向与AI创作》，《写作》2019年第4期。

产,不断满足观众的需求,最终导向的会是娱乐消费而非深度思考。长此以往,推理类网络剧又该走向何处?

三、从互动游戏转向社会派推理

影视改编促进了推理小说的消费,推理综艺带动着推理游戏 APP 的消费。单纯的观看和阅读不再能满足读者和观众的需求,他们期待借助推理游戏体验犯罪场景,化身侦探攻破悬疑谜题。推理社、全民大侦探、剧本主题酒吧、密室世界等等,名目繁多的剧本杀游戏成为深受年轻人喜爱的新型娱乐方式。在推理游戏中,常见的一种模式是:游戏玩家化身侦探、嫌疑人、帮凶等角色,在商家给出的规定情境中寻找破案线索,找出真凶。这与推理类网络剧的叙事逻辑并无二致。值得思考的是,我们希望借助此类推理剧传达什么? 如果仅仅为了制造不可能的犯罪谜题,让观众在寻找真相中享受游戏般的快感,那么推理剧也只会是昙花一现。这一点可以在日本推理小说的发展演变中得到印证。

日本推理小说诞生于 20 世纪 20 年代,以江户川乱步的作品为标志。江户川乱步将推理小说界定为"运用推理逐次拨开疑云迷雾,去疑解惑,描写侦破犯罪案件的过程,并以情节引人入胜"[1]。这一时期出现推理小说的两大流派:本格派和变格派。本格派"被视为正统,重视逻辑推理"[2];变格派"以离奇怪诞为特征,并不符合生活的真实和科学逻辑,是惊险、恐怖和色情的混

①　宋翔:《东野圭吾与日本社会派推理小说》,《山花》2013 年第 8 期。
②　李德纯:《日本社会派推理小说》,《文艺评论》1985 年第 1 期。

合体"。①

对应国内推理网络剧来看,变格派小说的特征在前文所述的《法医秦明》《心理罪》网络剧中体现得尤为明显。感官刺激与血腥场面掩盖了逻辑推理的不足。因而,当《隐秘的角落》《沉默的真相》走进观众的视线,社会派推理的趋势显现出来,使得推理网络剧走向了一个新阶段。

"社会派推理"这一概念源自日本的"社会派推理小说",日本社会派推理电影也深受其影响。这一流派的代表作家如松本清张、东野圭吾等人对中国推理小说家影响深远。20世纪50年代,以松本清张为代表的推理作家将目光对准了战后日本的社会现实,将民族矛盾、政治黑幕、资本社会的时代弊端等问题融入悬疑故事当中,赋予日本传统推理小说新的内涵。李德纯评价松本清张:"一反过去单纯侦破案件的俗套……以权与法、善与恶、罪与罚等社会问题为题材,用隐喻曲折但又尖锐锋利的笔触,揭示了日本资本主义社会的瑕疵,尽可能在广阔的社会背景中展开故事情节,从现实生活中提炼出具有时代特点的题材。"②

发展到20世纪六七十年代,以森村诚一为代表的作家"沿着社会派的创作道路,作了更深入的探索"。③ 他们的作品被称为新社会派推理小说。小说主要反映日本在经济高速发展以后的种种社会矛盾。东野圭吾的小说被研究者归入"新社会派推

---

① 李德纯:《日本社会派推理小说》,《文艺评论》1985年第1期。
② 李德纯:《日本社会派推理小说》,《文艺评论》1985年第1期。
③ 李德纯:《日本社会派推理小说》,《文艺评论》1985年第1期。

理"作品的行列。① 中国推理作家不乏东野圭吾的粉丝，紫金陈便是其中一位。

作为一名创作者，紫金陈对其作品有着清醒的认知，他把自己归为社会派的行列。这在由紫金陈小说改编的两部网络剧《隐秘的角落》《沉默的真相》中体现得尤为突出。在一篇与网友对话的文章中，紫金陈坦诚自己在创作手法上喜欢将凶手提前暴露。他说："推理小说三要素，凶手、动机、手法。社会派很多凶手都提前暴露，开篇就揭露凶手很正常，我至少6本书这么干了，其中《长夜难明》第一章主角就是死了。"②他的"推理之王"系列作品，凶手无一例外都在故事的开端出场。除了开篇交代凶手的特点之外，紫金陈小说还带有强烈的社会问题意识。他的小说常常取材于社会热点事件，经由其小说改编的网络剧也保留了这一特色。比如《无证之罪》(2017)涉及家庭暴力、青少年犯罪、第三者等话题；《隐秘的角落》(2020)聚焦家庭教育、青少年犯罪；《沉默的真相》(2020)则直面性侵、贪腐、冤案等社会议题。

总体而言，社会派推理网络剧呈现出如下特征：运用本格派推理小说的技巧展现侦破犯罪案件的过程。在案件推理中注重对复杂人性和社会问题的挖掘，并善于利用人物关系和人物命运变化设置悬念。相比于那些以猎奇性为主的推理剧，《隐秘的

---

① 东野圭吾的推理小说至今仍占据国内各大畅销书排行榜的前列。《白夜行》《嫌疑人 X 的献身》等小说都是推理迷们绕不开的话题小说。由周冬雨、易烊千玺主演的电影《少年的你》(2019)一度也被拿来与《白夜行》做比较，甚至被指抄袭了《白夜行》中男女主角共生关系的设定。2017 年，《嫌疑人 X 的献身》被苏有朋改编为同名电影，这是东野圭吾推理小说首次由中国导演进行改编，引起外界极大关注。

② 紫金陈：《大家好，我是〈无证之罪〉的原著作者紫金陈》，https://movie. douban. com/subject/26930540/discussion/615002224/，2017 年 9 月 12 日。

角落》《沉默的真相》等剧更注重以社会议题引发观众共鸣。创作者将视角投向了与普通民众关系紧密的社会生活，比如离异家庭的子女教育、青少年犯罪、性侵幼女等问题。案件推理并不以离奇的情节、恐怖血腥的画面取胜，而更关注普通人的犯罪心理及其所处的社会环境。从推理游戏走向社会问题的反思，使得推理类网络剧多了一层对现实人生的关怀。

四、结　语

针对当下推理类网络剧的火热现象，本文试图从网络推理文化与推理类网络剧发生的历史渊源入手，寻找蕴藏其中的文化肌理。同时，借助亨利·詹金斯的跨媒体叙事理论发现，国内推理类网络剧表现出了跨媒介改编、同一故事文本的多重开发特质。一方面，推理类网络剧得以拓宽传播范围；另一方面，无节制地挖掘文本资源也使推理剧演变为一种游戏和狂欢。在此基础上，社会派推理元素的植入将带来新鲜的叙事动力。借助推理类网络剧的类型优势，创作者也许能找到一条直面社会问题，参与公共事务，抚慰大众心理的路径，从而给网络文艺的健康发展提供借鉴。

李艳，天津工业大学人文学院讲师。

浅析网络剧厂牌建构之路

——以 2020 年爱优腾芒^①视频播放平台网剧为例

刘　妍

厂牌理念不再是音乐领域"独孤一味",网络视频播放平台早就谋划已久,战略定位,布局谋篇,雄心壮志地奔跑在网络剧厂牌建构之路上。音乐厂牌(Label)是制作公司的系列音乐作品的高度抽象符号的名称。广义上的 Label 指所有的音乐唱片制作公司,如环球、索尼、百代、贝图斯曼、宝丽金等都称作厂牌,而且上述是大厂牌(major label)。狭义的厂牌概念是指以某种特定风格为发展路线的独立厂牌(independent label),其独立性、艺术性、个性更为出众。

2020 年,网络剧视频播放平台交出了亮眼的成绩单。以下将研究爱优腾芒四大视频播放平台网剧生产、制作、播放、宣发等环节,试图从创作特征、内容题材、新突破等维度浅析个性突出、辨识度高的网络剧厂牌建构之道。

网络视频(长视频和短视频)始于 2006 年,一路奔跑,从不

---

① 指爱奇艺、优酷、腾讯、芒果 TV 四大视频播放主力平台。

成熟到日渐成熟。本文重点探讨长视频①，即网络剧，又称网剧。此处指广义的网络剧：独播剧②、双播剧③、共播剧④、台网联播剧⑤、引进剧⑥、转网剧⑦、自制剧⑧等。十余年的网剧从"傻白甜"到精品化之路，不光是大浪淘沙的迭代，更是亿万观众审美趣味、艺术鉴赏水平的升级。2019 年年中始，网剧屡屡交出亮眼的成绩单。年中的《陈情令》《长安十二时辰》，年末《庆余年》《鹤唳华亭》《剑王朝》等网剧展开白热化竞争。2020 年的网络剧延续2019 年的超高关注热度。据不完全统计，爱优腾芒四大主力视频平台 2020 年上新的网剧占网播剧的 95％，占据绝对"屏霸"的优势地位。引进剧也有亮眼的表现，如香港电视剧制作人团队，数十年的商业运作及影视产业生产模式极其成熟，成为诞生无数明星的摇篮。香港的制作人团队开始与优酷视频联手，联合推出演员阵容强大、金牌编剧压阵的网剧《非凡三侠》。故事发生地除了香港外，还有大部分的外景拍摄地在马来西亚，华语影视又一次成功"出圈"，提供多语种播放选择。该剧 2020 年 11月 19 日在优酷平台独家首播，引起了观众的较大反响。半个月

---

① 长视频指播放时间长度为 30 分钟及以上的视频。

② 节目播出被一家视频网站垄断的剧目，观众无法在其他平台直接收看，或其他视频平台跳转至垄断该剧的视频网站才能收看。

③ 在网络和电视平台均播出的剧目。

④ 在两家或以上的视频网站播出的剧目。

⑤ 双播剧在电视台和网络的首播时间相距 4 小时以内的，如电视台晚间 20 时播出，网络 22 时或 24 时播出，可视为台网同期播出。

⑥ 从国外或港澳台地区引进的剧目，且只在网络播出。

⑦ 获得电视剧发行许可证后，因故未能在电视平台播出，后转为网络平台播出的剧目。

⑧ 网络主力平台根据自身的意愿、资本、制作实力等，独立策划、投入拍摄、邀约演员、培育新人、前期剧本原创购买改编、后期宣发，形成独立的剧集生产"一条龙"模式。

后在国内多个视频播放平台"二轮"播出。2020 年 12 月 28 日在香港翡翠台"三轮"播放。

一、创作新特征：分众精细、圈层鲜明

2020 年的网络剧市场呈现朝气蓬勃的大好局面，爱优腾芒四大主力视频平台"人无我有、人有我强"的差异化竞争，给受众带来了惊喜和多元化的选择。据统计，2019 年网络剧上线 221 部，2020 年上线网络剧达到 268 部，增幅比例逾两成。无论是网络剧的播出特征还是内容创新，2020 年网络剧精品频现，越发接近生活，贴地气，悬浮夸张之风转向现实主义。

2020 年 2 月 24 日国家广电总局发布了《国家广播电视总局关于进一步加强电视剧网络剧创作生产管理有关工作的通知》，明确指出网络剧创作中有"高原"缺"高峰"、原创能力不足、故事情节"注水"、行业秩序有待规范等亟待解决的问题。网络剧精品化、大众化、特色化的呼声，从上层设计规范中得到了确证。

2020 年第二季度，爱奇艺推出厂牌"迷雾剧场"，这是悬疑类型剧场。一口气五部悬疑类题材短剧集，以对标美剧的精品化内容和全新的剧场运营模式提升用户观剧体验，这是爱奇艺继 2018 年推出"奇悬疑剧场"后对悬疑类型剧场的全新升级。《十日游戏》《隐秘的角落》《非常目击》《在劫难逃》《沉默的真相》，实力派演员扎堆，剧情精彩，网友大呼过瘾。

2020 年的网络剧获得前所未有的黄金发展机遇。网络剧自兴起以来，长期的受众均为女性，题材集中在都市情感、古装、玄幻等类型。甜宠剧等爽剧成为剧集市场的宠儿，早已是不争的事实。据不完全统计，以爱优腾芒为主力的网剧播放平台，2020

年播出的甜宠青春爱情剧约为 40 部。2020 年爆款的网剧呈现创作题材的新趋势，除了甜宠剧外，现实向度题材的悬疑剧、行业剧大放异彩，成功击败古装剧，成为现象级作品的集中圈层，其高光时刻照进不少观众的心坎里。网剧新剧中常年占比最高的言情剧，尽管都有爱情青春元素，但越发精细化，出现了"爱情＋青春""爱情＋悬疑""爱情＋魔幻""爱情＋穿越""爱情＋惊悚""爱情＋犯罪"等"爱情＋"屡试不爽的套路模式。后疫情时代男性观众有较大幅度的上升，男性受众比例已由 2019 年的 3％上升到 20％。刑侦、破案、推理、悬疑等硬核剧是男性的最爱，2020 年播出的男性向剧集不断创出收视率新高，男性观众的上升率足以说明这一观剧圈层有进一步需求。如朱一龙、毛晓彤主演的网剧，改编自《盗墓笔记重启》的《重启之极海听雷》，符合男性探险、猎奇的审美趣味。2014 年起，湖南卫视的原创节目、视频内容全部交给芒果 TV、芒果大电视等播放，全力打造"芒果独播"厂牌理念。这一做法有利于平台追求节目个性化、分众精细化，圈层更为鲜明，受众更为聚合，厂牌效应更为显著。

二、内容题材：迭代迅猛 超越想象

互联网的发展、迭代迅猛。互联网土壤上野蛮生长的网剧，天生具有互联网迭代更新的超强能力。谈及网剧的发展，首先要提及的是 2011 年这一重要的时间节点。这一年，网络文学《甄嬛传》《步步惊心》等成功改编为影视剧。网络剧题材走向多元的节点是在 2014 年。① 2014 年较前一年,平台播出网剧数量和点击率分别为 4 倍和 2 倍。爆款剧《匆匆那年》成为当年现象级网剧的标杆。至此,网剧发展模式逐渐成熟,受众扩圈,海外传播影响力逐步上升。

2020 年播出的网络剧,创作的最大特点大致可概括为实现模仿到创新的突破。早期的叙事模式以模仿情景喜剧的叙事为主②,情节以喜剧段落串联,采用搞笑、"无厘头"为主的人物设定,将故事以线性的方式呈现给观众。2020 年播出的网剧,探索出适合网络媒介的叙事方式,即以单元剧、短剧的方向为发展创新模式,剧情推进节奏快,情节反转次数多。例如现实题材的 12 集短剧《我是余欢水》,其中的男主角余欢水的真善美情感被现实扭曲异化,构筑了"谎话精"的人性情感的荒诞现实。该剧深刻体现现实主义精神,情节设置处处是现实生活中常见的欺骗、谎言、作假情景。围绕在余欢水周围的同事、亲人、朋友,或是路人甲、路人乙,似乎都带着某种功利性,这种功利性具象成了"金钱"和"谎言"这两个贯穿全局的意象符号。余欢水偶然的见义勇为事件持续发酵,在新闻媒体的过度挖掘和扭曲包装助力下,余欢水被要求"装病",塑造悲情英雄形象,欺瞒公众。剧集中后期的余欢水与地下人体器官买卖组织的斗智斗勇,无疑是对无良媒体、虚假慈善和无良医生的讽刺。观众先是笑呵呵地观剧,随着剧情推进,不断反转的剧情强化现实在网剧中的悲剧痛感。中后期剧情增添了悬疑和传奇的元素。一部短剧中具备多元化

① 张智华:《中国网络影视发展报告》,见《2019 年中国网络剧发展》,中国电影出版社 2020 年版,第 90 页。

② 张智华:《中国网络影视发展报告》,见《2019 年中国网络剧发展》,中国电影出版社 2020 年版,第 95 页。

元素,这种现象鲜见。

在爱优腾芒四大主力播放平台中,校园青春爱情网剧不约而同成为热点,也是2020年网络剧的重要现象。前两年的剧集《致我们单纯的小美好》《最好的我们》《致我们暖暖的小时光》《你好,旧时光》《忽而今夏》《一起同过窗》《春风十里,不如你》等成为校园青春题材中质量较好的代表作品。2020年播出的校园青春题材与之前播出的有以下异同。同的是校园青春题材如万年青般长盛不衰,收视喜人,吸粉吸睛无数。异的是与之前网络剧相比,画风更为国风化,影像画面技术创新提升,审美艺术上追求唯美素雅,制作要求更为精良,审美向度上追求向美向善向上的"初心"。《漂亮书生》将校园场景设置在古代,挑战古代封建科举制度,控诉"女子无德便是才""男尊女卑"的封建糟粕。"内容"还是熟悉的"味道",不过外壳包装的场景已然"变形",增添了陌生感和异域化。一家生活重任落在年轻女子雪文曦一人之肩,她为讨生活阴差阳错进入云上学堂。在搞笑幽默的学堂时光里,她与三位男同学共克困难,谱写"云上四杰"的青春成长励志故事。网剧《青青子衿》的故事情节设计更为大胆,充满想象力,满满的现实主义质感。文武双全的"土匪"头目东夷山君骆秋迟,抛弃山大王身份,被竹岫书院破格录取,获得新身份,有机会重回正道。有趣的是,骆秋迟在查找仇人身份的过程中,带领同学完成书院文风的改变,由华丽风改为朴实风。添加了悬疑元素的《青青子衿》实现了校园青春题材的创新,一改单一风格和元素,双线齐进,批判性的审美思想有利于引导低龄化的观众深入思考。

2020年悬疑类网剧几乎每一部都是爆款。前两年的悬疑剧《白夜追凶》《法医秦明》《无证之罪》《破冰行动》《唐人街探案》等作品,赢得了口碑和收视的双丰收。《白夜追凶》取材紧贴社会热点案件,"双生主角"的人物设定,故事情节和结构设计更为本土化、戏剧化。央视和爱奇艺联合制作的《破冰行动》,在精神价值内核等方面精益求精,不但斩获第三届中国银川互联网电影节网络剧单元最佳网络剧奖,更是将2020年8月举行的第26届上海电视节白玉兰奖最佳中国电视剧奖揽入囊中。悬疑剧是亚文化的主要类型之一,呈现了主流化的新趋势。以《隐秘的角落》《沉默的真相》为例。《隐秘的角落》6月16日在爱奇艺"迷雾剧场"首播,上线仅五天,就已经迎来了口碑的大爆发,豆瓣评分8.8。不少观众在播出结束后二刷、三刷,多次观看的大有人在,还有观众专门刷弹幕的。拍摄地粤西小城湛江因此登上热搜,人气热度成功出圈。截至目前,该剧仍为平台的独播剧。9月16日上线的网剧《沉默的真相》,讲述正义和公平化身的检察官江阳,坚持十多年,不计成本地付出,只为查清案件真相的故事,即便舍身求"仁"亦在所不辞,充满正能量。刑警朱伟、严良,律师张超,记者张晓倩等,共同助力使真相大白。缜密、刺激、"烧脑"的剧情,深入浅出地表达正义和公平从来不会缺席。腾讯自制剧《传闻中的陈芊芊》《我,喜欢你》是小成本网剧的黑马。网剧《唐人街探案》对人性的探讨深刻,情节的节奏流畅自然,颇有美剧叙事模式风格,四集一个单元剧,剧情紧凑、节奏明快,一改往日国产剧常见的剧情拖沓弊端。优酷全网独播的"爱情+悬疑"剧《最初的相遇,最后的别离》故事虽俗套,但卧底缉毒民警与咖啡店女老板的爱情故事,几度曲折,与一桩离奇杀人案交织。该剧的创作团队有着不俗的表现,温暖着人心。

台网同步播出的《隐秘而伟大》,创作班底为《白夜追凶》原班人马。该剧讲述初出茅庐、一心匡扶正义的小警察顾耀东,在遇到地下党沈青禾、夏继成后，历经迷茫、困惑，最终找到信仰，成为共产党员的故事。2020 年 11 月 6 日央视电视剧频道播出，腾讯视频、芒果 TV、央视网同步播出，收视率一路飙升。这是一部动作、悬疑、爱情多线并进的青年成长剧。隐藏的地下党沈青禾和夏继成如微火，照亮青年顾耀东前行的路，促使其最终找到坚定的信仰。这是不可多得的精品剧。鲁迅自言写《阿 Q 正传》的目的，是要"写出一个现代的我们国人的魂灵来"①。该剧中顾耀东找到共产主义信仰，使年代剧具有了现代性，对当代青年具有启示意义。

三、新突破："她"向度的题材

同为悬疑剧的《白色月光》是优酷联合民营影视公司制作的一部非常典型的"她"向度题材的剧作。台网同播的女性青春成长剧《二十不惑》《三十而已》亦是 2020 年现象级的剧集，《怪你过分美丽》《不完美的她》等也有不俗的口碑。《二十不惑》对"95后"的三观和性格有了精准的提炼，群像功能到位，无违和感。新常态、新主流之下，网络剧聚集主流化新趋势将更加明显。它在创作新类型方面，除了典型的甜宠、都市爱情类型外，聚焦爱情、亲情等家庭伦理类型，关注现实领域的民生、健康、医疗、教育、职场、就业等题材，其比例或会在未来两年有明显增长。在"限古令"②政策出台后，资本缩水，资金链断裂，之前资本热追的

---

① 鲁迅:《鲁迅全集》第 7 卷，人民文学出版社 1981 年版，第 81 页。
② 指广电总局对各大电视台下达新规定，所有卫视综合频道黄金时段每月以及年度播出古装剧总集数，不得超过当月和当年黄金时段所有播出剧目总集数的 15%。

古装大剧2020年进入观察期,加之受持续不断的疫情等因素影响,在未来数年,古装剧的发展包含不可预测的因素。与之相反的是,现代剧表现极为突出,都市剧和回应社会舆论"她"向度的女性剧或将保持高昂的创作热情。

朱光潜在1932年发表的《谈美》里提出"人生美化"的新方案,真正具有学术性的美学命题"要求人心净化,先要求人生美化"。[①] 后疫情时代,影视行业重新洗牌,6000多家影视企业面临各种挑战,重组是"危"也是"机",势必呼唤新产能的横空出世,未来的网络剧生产主体将会更加专业化、集约化。新生代或给剧集制作带来新活力和惊喜。2020年是悬疑短剧的大年,多部剧跻身网剧排行榜50强。2021年,悬疑短剧热度不减反增,吸引各路制作方竞相加大投入,建立有较高辨识度的平台的厂牌。国产网络剧的精品化路线,呼唤具有强大标识印记的厂牌效应的网剧横空出世,兼具较强的生命力和传播力,能够"走出去",输出有中国特色的审美艺术风格的影视作品。

刘妍,作家、评论家。

---

① 朱光潜:《朱光潜全集》第二卷,安徽教育出版社1993年版,第6页。

近年中美悬疑题材网络电影的
故事取材与内容表达比较研究

张　阳

一、预置前提：关于悬疑电影的概念辨析

关于中美悬疑题材网络电影的故事取材与内容表达比较研究，首先要厘清的是"悬疑电影"的类型特征和题材范围，这是两者比较的"基准线"与"度量衡"，也是分析中美网络电影故事取材和内容表达书写的界域范围和研究尺度。

什么是悬疑电影？

在现有研究中，悬疑电影、惊险片、黑色电影、犯罪片的指涉多有混淆重叠。一方面是因为今天的类型电影特征更加多元，纯粹意义上的经典类型开始减少，更多的是"类型杂糅"；另一方面随着市场、文化、大众、媒介的不断变化，"悬疑电影"的概念正在被改写。

所以，今天对于中美悬疑题材网络电影的故事取材与内容表达的比较分析是基于悬疑片"集合"与"子集"的主次复合分

析,中美网络电影中的悬疑惊险片是研究对象主干,此外,与悬疑片的类型特征、视听元素、叙事模式类似的惊悚片、犯罪片、黑色电影在下文中也会有所涉及。

对于悬疑电影的定义及模式分析,查·德里(Chantry)在《论悬念惊险电影》一文中有详细论述,他基于爱伦·坡(Allan Poe)犯罪文学作品"罪犯""侦探""受害者"三元素的图式关系(见图1),梳理出悬疑惊险片的三大定义特征,以及六种悬疑惊险亚类型,他在文中明确表述:"三个元素中总有某一元素处于优于另外两个元素的地位,这样这些作品便可分归若干具体的种类或亚类型。"①因此,从爱伦·坡的犯罪文学作品元素图式到悬疑惊险电影的类型特征,衍生出"犯罪片"、"侦探片"、"悬疑惊险片"三大主要类型。其中,悬疑惊险片的定义有以下方面。

1.悬疑惊险片是一种犯罪题材作品,表现暴力,主人公一般是受害者或非职业性罪犯。

2.悬疑惊险片包含可识别的多重叙事元素,包括处处有悬念的结构、惊悚与人身危险等。

3.悬疑惊险片是一种演进中的复合类型形态,每一类型环绕特定元素进行发展。

在悬疑惊险片的复合演变过程中,查·德里划分了六种主要亚类型。这六大类型是中美悬疑题材网络电影故事取材和内容表达的主要依据,也是本文界定"中美悬疑题材网络电影"研究对象的重要指标。(见表1)

---

①　肖模:《悬念惊险片:一个定义》,《世界电影》1992年第6期。

图1 爱伦·坡的犯罪文学作品元素

表1 悬疑惊险片的六种亚类型

序号	亚类型名称	情节特征
1	情杀惊险片	围绕丈夫、妻子、第三者构建的三角关系,表现谋杀与被谋杀的故事
2	政治惊险片	表现行刺政治人物的密谋或是对政治阴谋的揭露
3	冒名顶替惊险片	主人公获得新身份,表现适应身份与凶杀计划间的关系
4	精神创伤惊险片	围绕先前精神创伤对主人公现今行为及犯罪影响的建构展开
5	道义对立惊险片	正义与邪恶的二元对立
6	无辜者逃亡惊险片	无辜者卷入巨大阴谋的逃亡之路

从国内角度来看,郝建在《类型电影教程》中以惊险片为论述对象这样谈道:"惊险片(thriller film)是一种让观众欣赏悬疑、享受惊悚情感体验的电影类型。这一类型常用的别名是悬念片、惊悚片。"①为了进一步区分惊险片和强盗片、侦探片的区别,他进一步对叙事内容加以界定:"以足智多谋的侦探为主人

① 郝建:《类型电影教程》,复旦大学出版社2011年版,第87页。

公的是侦探片，以罪犯为主人公的是强盗片，而惊险片则以受害人为主人公。在惊险片中，观众跟随主人公一起遭受威胁并最终体验暂时的脱险。惊险片的主人公是处在危险中的，惊险片中的悬念是观众对主人公生死的担忧。惊险片常把危险告诉观众，以此来制造悬念。惊险片的主人公一般是普通人，他们在很正常的生活中突然落到被迫害、被残杀的境地中……惊险片的矛盾冲突来源是现代人的人格分裂和心理压力……惊险片处理的基本问题是现代人的焦虑与恐惧，是对很多现存社会秩序、道德观念或'理性'这类基本信条的含蓄的质疑，惊险片通过强化表现这类焦虑与恐惧释放了许多现代人的心理压力。惊险片被认为极好地表现了人类'境遇'的荒诞、恐怖和心理上幽暗的一面。"[①]在此，郝建对惊险片（悬疑电影）的剧作三元素"主人公""主线""主题"做了定义。

那么，在厘清悬疑题材电影的定义和特征后，需要明确的问题是中美悬疑题材网络电影的故事取材有哪些路径，近年发展有何特点，两者之间是否有交集，以及彼此成功的借鉴性。

二、中美悬疑题材网络电影的故事取材之异同

近年国产悬疑题材网络电影虽出现《法医秦明》《罪途》《猎谎者》等值得关注的口碑作品，但总体趋势仍呈现严重的"重改编、轻原创""同质化"倾向。美国悬疑题材网络电影注重对原创内容挖掘，题材多取自悬疑惊悚小说和真实案件。然而，尝试从经典悬疑影片寻找表现素材的取材路径，比如根据阿尔弗雷

---

① 郝建：《类型电影教程》，复旦大学出版社 2011 年版，第 88 页。

德·希区柯克（Alfred Hitchcock）电影《蝴蝶梦》（*Rebecca*，1940）改编的 Netflix 版本《蝴蝶梦》（*Rebecca*，2020）便遭遇"滑铁卢"，未达到预期效果。下文就两者选取路径进行梳理对比，寻找其异同。

中国悬疑题材网络电影取材路径主要分为传统小说改编、网络文学作品 IP 改编和经典悬疑影片改编三种模式。

欧美悬疑电影从文学作品取材，尤其是从悬疑类小说取材已有悠久历史，很多学者认为："惊险片的氛围、心理变态和暴力描写甚至布景中的内外景建筑风格都可以追溯到 18、19 世纪以华尔浦尔、霍夫曼等人的创作为代表的'哥特'小说的影响。"①比如早期的《盲女惊魂记》（*Wait Until Dark*，1967）、《东方快车谋杀案》（*Murder on the Orient Express*，1974）、《无人生还》（*And Then There Were None*，1974）等，以及近年根据同名小说改编的国产院线电影《嫌疑人 X 的献身》（2017）、《心理罪》（2017）等都采用同类型小说改编策略。相较于欧美悬疑惊悚小说，中国悬疑题材电影，包括悬疑题材网络电影，很大一部分是从中国传统志怪小说、神话故事、历史传说中取材。张智华认为："中华优秀文化为戏剧影视创意提供了取之不尽、用之不竭的丰富资源，戏剧影视创意与中华优秀文化血肉相连、密不可分。"②应该说，中华传统文化的美学符号和文化想象赋予悬疑题材网络电影更多书写空间，从故事题材、人物形象、情节内容、空间场景等方面建构了中国悬疑题材网络电影的独特性表达。

---

① 郝建：《类型电影教程》，复旦大学出版社 2011 年版，第 88 页。
② 张智华：《文化探索：戏剧影视创意》，北京师范大学出版集团 2020 年版，第 14 页。

（1）狄仁杰系列

从徐克导演的《狄仁杰之通天帝国》（2010）开始，武侠悬疑电影打开了中国类型电影的一个重要窗口，该类型既是商业票房的重要推手，也是传统文化的输出窗口。自此，除去徐克导演的院线版狄仁杰系列电影外，一系列改编自荷兰汉学家、外交官、小说家高罗佩所著《大唐狄公案》和脱胎于徐克导演版狄仁杰电影的系列网络电影上线，成为网络院线中的一股"狄仁杰浪潮"。据不完全统计，2017年至2020年，有以下狄仁杰系列网络电影陆续上线：《大唐狄仁杰之东瀛邪术》（2017）、《狄仁杰之幽冥道》（2018）、《狄仁杰之夺命天眼》（2018）、《狄仁杰之无头神将》（2018）、《狄仁杰之蛊尤血藤》（2018）、《狄仁杰之异虫迷案》（2018）、《狄仁杰之轮回图》（2018）、《狄仁杰之西域妖姬》（2018）、《狄仁杰之天神下凡》（2019）、《狄仁杰之迷雾神都》（2019）、《狄仁杰之焚天异火》（2020）、《狄仁杰之飞头罗刹》（2020）、《狄仁杰探案之天煞孤鸾》（2020）、《狄仁杰之通天教主》（2020）、《狄仁杰之幻涅魔蛾》（2020）、《狄仁杰之夺魂梦魇》（2020）、《狄仁杰之鬼影血手》（2020）、《狄仁杰之深海龙宫》（2020）、《狄仁杰探案》（2020）。作为以"强力主人公"推动叙事发展的悬疑类型，狄仁杰系列与欧美的福尔摩斯系列、赫尔克里·波洛系列人物设置相似，但影片所呈现的文化想象空间却有明显差异。西方世界注重以科学逻辑为分析视角，而东方却保留着一份写意浪漫，狄仁杰影像世界所构建的儒释道精神、大唐盛世、丝绸之路、奇人异士、精灵神物、古韵民俗等东方景观给影片中的悬疑元素增加了"奇观效果"和"想象空间"，这是应该继续深化加强的创作路径。与此同时，太多的"狄仁杰"出现在大众视野，却难给人留下深刻印象，这也从侧面印证了"同质化"

创作的问题,需要加以避免。

（2）"四大名捕"系列

根据温瑞安同名小说改编的"四大名捕"系列,包括《四大名捕之食人梦界》(2019)、《四大名捕之入梦妖灵》(2018)、《少女四大名捕》(2019),故事建构了神侯府和六扇门共同破案的故事主线,塑造了无情、铁手、追命、冷血等侦探形象,每人身怀绝技又身陷囹圄,将悬疑推理与江湖情仇有机结合,让国产悬疑电影的亚类型表达更加多元。

除了改编传统小说,随着时代发展与媒介融合,当下中国悬疑题材网络电影中对网络文学小说的改编尤其突出,近年爱奇艺、优酷、腾讯三大平台出现了根据网络文学改编的网络电影系列作品。

（3）"法医秦明"系列

故事素材来源于秦明自 2012 年起陆续在网上连载的以法医技术破案的网络小说。随后,《尸语者》《无声的证词》《第十一根手指》《清道夫》《幸存者》《守夜者》等"法医秦明"系列小说上市,引发大众对于悬疑破案类故事的追捧热潮。2016 年《法医秦明》网剧登陆平台,该剧将真实案例、专业知识、考究的细节与故事叙事元素有机结合,形成了影像故事"拳拳到肉"的视觉冲击。随后,根据小说改编的网络电影陆续上线:《法医秦明之车尾游魂》(2018)、《法医秦明之致命小说》(2019)、《法医秦明之血色婚礼》(2019)、《法医秦明之亡命救赎》(2019)、《秦明·生死语者》(2019)。

（4）"盗墓笔记"系列与"鬼吹灯"系列

南派三叔的"盗墓笔记"系列和天下霸唱的"鬼吹灯"系列是目前中国网络文学最火热的作品,积攒了大量粉丝。根据同名小说改编的网络剧、网络电影均获得不错收益。比如根据"盗墓笔记"系列小说改编的网络电影有《老九门番外之虎骨梅花》(2016)、《老九门番外之恒河杀树》(2016)、《沙海番外之蚌人》(2018)、《吴山居事件账之燃骨》(2019)等,根据"鬼吹灯"系列小说改编的网络电影有《鬼吹灯之龙岭迷窟》(2020)、《鬼吹灯之湘西密藏》(2020)、《鬼吹灯之昆仑神宫》(2020)、《牧野诡事之秦岭龙窟》(2020)、《鬼吹灯之巫峡棺山》(2019)、《鬼吹灯之怒晴湘西》(2019)等。在改编策略上,部分影片忠实原著创作,部分影片以番外、前传等角度进行延伸改写,增加叙事维度。遗憾的是,网络电影远没有达到同类型院线电影的艺术水准,缺乏悬疑结构和悬疑元素。

还有一类悬疑题材网络电影的取材路径是以经典悬疑电影为结构参照,结合社会热点事件改编而成。

比较有代表性的作品是"罪途"系列①,该系列影片以封闭的绿皮火车为叙事空间,展现出情节曲折的悬疑案件,最终呈现人性的复杂与善恶。从影片外在形式来看,与阿加莎·克里斯蒂所著的《东方快车谋杀案》相似,叙事空间集中在一节密闭的车厢空间中,但随叙事发展,又能感受到社会进程中所裹挟的善恶命题与人性拷问。这种"借鉴转化"选材模式在国产悬疑题材网络电影中多有尝试,比如《猎谎者》(2020)能看到日本电影《罗生门》(1950)和西班牙电影《看不见的客人》(2016)的非线性叙事结构,针对一宗悬疑案件进行多角度的推理分析。又比如国产悬疑互动电影《画师》一方面借鉴了当下网感形式较强的"交互

---

① "罪途"系列影片由《罪途 1 之死亡列车》(2018)、《罪途 2 之救赎代价》(2018)、《罪途 3 之正义规则》(2018)构成。

模式"，另一方面展现出当代年轻人中普遍存在的"丧文化"和"颓生活"状态。

从以上三种取材路径可以看到国产悬疑题材网络电影虽有特色，但仍存在一定的题材局限性。其主要问题是什么？首先，国产悬疑题材网络电影虽找到了具有东方美学特色的武侠悬疑叙事亚类型，但没有深化其模式意义和美学风格，仅限于对成功院线影片的"拾人牙慧"，并没有结合网络文艺语境进行模式创新。其次，题材表现过于单一，缺乏真正关注社会、关注当下、关注个体的创作视角。结合近年中国院线悬疑电影发展来看，诸如《心迷宫》(2014)、《白日焰火》(2014)、《烈日灼心》(2015)、《暴裂无声》(2017)等影片都在转换叙事视角，聚焦当下社会与个体，呈现出真实独特的中国悬疑故事。最后，中国悬疑题材网络电影对于"主人公""主线""主题"的剧作三要素缺乏精心设计，整体感觉相对粗糙，缺乏艺术感染力。针对以上这些问题，我们可以对比分析近年美国悬疑题材网络电影的取材路径，尝试找到差异与可借鉴性。

美国悬疑题材网络电影的取材路径主要有小说改编、漫画改编(以下简称漫改)，悬疑亚类型杂糅(科幻、传记、歌舞)，以及跨国别改编等。

(1)小说改编系列

根据小说改编悬疑电影一直是欧美主流的创作取材方式，从早期爱伦·坡、迪克森·卡尔、阿加莎·克里斯蒂，到如今的斯蒂芬·金，优秀原创悬疑小说与悬疑电影一直是一种"建构"与"再建构"的书写关系。从近年美国各大流媒体平台来看，根据相关小说改编的作品不在少数。比如根据大卫·柴尔茨曼同名小说改编的《小奸小恶》(*Small Crimes*，2017)，根据斯蒂芬·

金《黑暗塔》《杰罗德游戏》《1922》三部小说改编的《黑暗塔》(*The Dark Tower*，2017)、《杰罗德游戏》(*Gerald's Game*，2017)、《1922》(2017)，根据查尔斯·勃兰特《听说你刷房子了》改编的作品《爱尔兰人》(*The Irishman*，2019)，根据琼·迪迪恩小说《父亲的遗愿》改编的电影《父亲的遗愿》(*The Last Thing He Wanted*，2020)，以及根据弗洛伦西亚·埃奇维斯悬疑小说改编而成的电影《失迷拼图：预感》(*Intuition*，2020)等，从小说取材印证了詹姆斯·斯科特·贝尔(James Scott Bell)关于悬疑小说写作技巧的论断："让某些读者兴奋起来的东西或许是源于某个思想理念的力量，或许是某种文学风格的即兴演绎，然而这些东西对读者之所以行之有效，乃是因为作者扣准了读者的情感脉搏。"[①]同理，悬疑题材网络电影创作是从悬疑小说中汲取那些"真实的""阴郁的""挥之不去的困扰"主题情感，利用悬疑故事结构抽丝剥茧般将真相呈现在观众眼前。

(2)"漫改"系列

近年，由漫画 IP 改编影视作品已成为一种创作趋势，悬疑题材也初见端倪。Netflix 于 2017 年推出了漫改作品《死亡笔记》(*Death Note*)，该片取材自日本集英社《周刊少年 Jump》在 2003 年至 2006 年推出的心理悬疑推理漫画。客观来看，该片与原著有一定差距，人物设定和故事表达都出现了"水土不服"的局面，在 IMDB(互联网电影资料库)的综合评分只有 4.5。但不可否认的是，对于"漫改"这条创作取材路径，美国悬疑题材网络电影进行了"试水"，选择《死亡笔记》作为首部悬疑题材漫改作

---

① 詹姆斯·斯科特·贝尔：《冲突与悬念：小说创作的要素》，王著定译，中国人民大学出版社 2014 年版，第 4 页。

品,一方面能看到 Netflix 出于世界市场和受众粉丝的综合考量,全世界范围内的作品知名度和粉丝数量确保了该剧的商业价值,另一方面是对于世界市场的商业布局,尤其是进军亚洲市场已成为美国各大流媒体平台今后重要的商业战略。"试水"完成之后则是"激流",因为美国本土漫画的商业价值仍是美国影视行业的核心资源,诸如漫威、DC 等版权作品将会给美国悬疑题材网络电影源源不断地输送商业资源。

美国悬疑题材网络电影另一大取材路径是"类型融合",这与国产悬疑题材网络电影的创作有异曲同工之处。路春艳认为:"虽然悬疑类型本就带有极强的悬念感,具有强大吸引力,但随着新媒体的不断发展,越丰富的信息元素越能吸引观众眼球。"[①]与国产悬疑题材网络电影相比,美国悬疑题材网络电影的类型融合趋势更加多元,故事题材、社会意义、情感价值更加丰富。

(3)"科幻＋"系列

从 Netflix、HBO Max、Disney＋、Apple TV 等流媒体近年上线的影片数据来看,科幻悬疑题材成为主要创作趋势。诸如《科洛弗悖论》(*The Clover field Paradox*,2018)、《缄默》(*Mute*,2018)、《智慧囚屋》(*Tau*,2018)、《禁入直播》(*Cam*,2018)、《月影杀痕》(*In the Shadow of the Moon*,2019)、《饥饿站台》(*El hoyo*,2019)等影片深受大众追捧。进一步思考发展原因,科幻悬疑类型的兴起与当下人工智能、科技发展有着密切关联。换言之,科学技术与艺术形式正在产生一种趣味形式的

---

① 路春艳、陈蕊:《国产悬疑新篇:银幕再探与网络深思》,《电影评介》2019 年第 1 期。

互动,电影艺术本身固有的"观影仪式""欲望投射""世俗神话"正在被"数据思维""视效技术""交互体验"等科技手段影响,同时,"桌面电影""互动电影"等也反作用于科学技术的伦理道德反思。此外,当今社会科技快速发展带来的生活体验加快了科技迷思的受众群体,这也反作用于科幻悬疑题材网络电影的再生产。

除科幻悬疑题材外,美国悬疑题材网络电影还与音乐片、传记片进行类型融合,这是国产网络电影没有涉及的类型领域。比如《天使降临》(*The Angel*,2018)是根据阿什拉夫·马尔万(*Ashraf Marwan*)的真实故事改编,以传记片的形式讲述主人公在埃及和以色列两国之间的政治故事。《劫匪》(*The Highwaymen*,2019)则是以"邦妮与克莱德"真实故事原型人物为叙事线索,讲述抓住这对雌雄大盗背后的得克萨斯州骑警故事。《完美琴仇》(*The Perfection*,2018)则是悬疑类型与音乐片的结合。

(4)跨国别改编系列

美国悬疑题材网络电影取材路径还有一条跨国别改编生产策略,这与 Netflix 等流媒体平台全球化发展战略有关。比如,以日本社会为故事背景的《惊弓之鸟》(*Earthquake Bird*,2019),影片以来自英国的女主人公为叙述视角,呈现女性内心变化的悬疑推理过程。《完美琴仇》(*The Perfection*,2018)则加入了以上海为背景的"东方异域风情",呈现出独特的悬疑亚类型。

基于此,中美悬疑题材网络电影的取材路径虽有相似,但仍有可彼此借鉴的地方。

首先,针对国产悬疑题材网络电影选材"同质化"的问题,可以借鉴美国悬疑题材网络电影跨媒介叙事的角度来进行思考。美国可以从漫画改编汲取创作素材，国产悬疑电影则可以从中国传统的神话演义、民间传说、戏曲杂剧、奇闻逸事中寻找故事灵感。从早期的《山海经》到清代小说《聊斋志异》，丰富的人物形象和离奇的故事情节给创作者提供了源源不断的素材。并且一部分作品已经以传统舞台艺术形式呈现，如果能够恰如其分地进行跨媒介转换，必然会产生一种独特的美学风格。换言之，现在院线和网络上的"神探狄仁杰"是一次成功尝试，但不应成为唯一的尝试，应该将更多具有悬疑元素的故事、人物、情节进行改编，从而成为中国电影文化输出的一种策略。

其次，网络电影相较于院线电影具有媒介传播的便捷性和灵活性，既然互联网连接了世界的任何一个端口，"全球村"的概念已成为现实，那么国产悬疑网络电影的题材选择应该尝试跨国别书写。这一点，美国流媒体平台已经走到了全球产业布局的前列。比如 Netflix 一方面收购各国优秀网剧、网络电影进行全球播映，另一方面正在不断地购买各国原创故事版权和改编权，并"在地化"进行生产传播，以拓展其海外业务。互联网技术正在撼动各种"无形壁垒"，爱奇艺、优酷、腾讯等视频平台更应该敏锐地做出反应，不能仅局限于国内市场。

最后，美国悬疑题材网络电影可以尝试从中国传统文化取材，从另一种视角进行艺术生产，就像创作《花木兰》《功夫熊猫》等电影作品一样，找到市场与艺术的平衡点，这会给以好莱坞为代表的美国电影产业带来更多的文化表达。

三、视觉符码与情感转向：
中美悬疑题材网络电影内容表达面面观

近年中国悬疑题材网络电影内容的显著特点是"网感"减弱，类型化标签更为清晰。从"网络大电影"到"网络电影"的转变，看似只有一个字的变动，实际上意味着国产网络电影正在蜕变转型。

"网络大电影"的称谓是区别于网络媒介上微电影、短视频的一种描述，主要指制作规模和时长体量的差异。但网络大电影因其工业水平、生产模式、传播渠道等因素，常常被视作网络视频一类，这里"类"的概念是由网络文艺，尤其是网络影视最为显著的特征"网感"所决定的。然而，"类型片（genre）是个集合概念，各类型影片有类的特征和类的差别，各种类型系统既提供了展开戏剧动作的视觉舞台，也建立了一个具有固定意义的领域，在这之中，某些特定的动作和价值受到推崇"①。按照托马斯·沙茨（Tomas Schatz）对好莱坞类型电影概念的辨析，早期"中国网络电影"虽有不同类型呈现，但从宏观角度来看实则构成一种新的类别。换言之，早期中国网络电影中的"仙侠世界""酒吧会所""校园教室"等故事空间构建了网络电影的"视觉表征"，而惊险元素、特效场面、意外事件等"前6分钟"观影体验，则构成了一种类型化的叙事法则。这里"视觉表征"和"叙事法则"共同构成了早期中国网络电影"类型"的整体特征，给网络电影创作者和观众提供了一套带有"网感"标签的叙事套路和规

---

① 郝建：《类型电影教程》，复旦大学出版社2011年版，第30页。

则,使观众、创作者、网络平台三者进行一场关于网络电影的美学对话。

2018 年至 2020 年,更多优秀国产悬疑题材网络电影上线,带有传统"网感"类型标签的悬疑网络电影正在逐渐被"按照观众熟知的既有形态和一整套较为固定的模式来摄制、欣赏的影片"取代。① 正如路春艳、陈蕊在《国产悬疑新篇:银幕再探与网络深思》一文中所强调的:"无论是近年来水准稳步上升中的悬疑类国产院线电影还是网络剧,都需要注意挖掘剧作内在的深度,避免浮于表面的空洞形式,在追求更好的视听感受、更具新意的剧情设置、更极致的类型化表达之外,更要注意影片当中的逻辑性、合理性。"②

从内容表达上来看,城市空间作为影片重要叙事元素,已和悬疑题材网络电影形成一种互文关系。阴暗潮湿的街道、出租屋、废弃厂房、老旧小区常常成为故事犯罪发生的场景,这与城市化进程带来的"光鲜亮丽"形成对比,成为该类型的"异托邦"主题,为悬疑电影文本创作提供了源源不断的素材。反之,犯罪悬疑电影所创造的影像文化也反作用于城市文化再生成,比如近年在美国兴起的"沉浸式戏剧"《不眠之夜》(Sleep No More)就融入了希区柯克电影《蝴蝶梦》和《迷魂记》的一些故事元素。

影片《禁锢之地》(2020)开头部分用一组高楼大厦和高跟鞋的组接镜头呈现都市文化,交代女主角都市丽人的身份特征,并与后面部分禁闭恐怖场景形成了强烈对比(见图 2)。这种典型都市"异托邦"的镜像与今天现实社会中的一些"浸没空间""角

---

① 郝建:《类型电影教程》,复旦大学出版社 2011 年版,第 32 页。
② 路春艳、陈蕊:《国产悬疑新篇:银幕再探与网络深思》,《电影评介》2019 年第 1 期。

色扮演"游戏相吻合。

图 2 《禁锢之地》的城市空间

《爆裂的谎言》(2020)在影片开端部分,展现了重庆都市景观与老旧居民楼的空间对比,将讨债、凶杀、情杀三组人物关系放置在城市空间铺陈,从视觉符号来看,重庆错落有致的山城空间结构,出租屋内的霓虹光影,城市索道与洪崖洞地标建筑恰如其分地成为"凶杀""推理""被陷害""逃离""和解"等故事情节的发生场景,再次展现出这座山城的江湖气息与人间烟火(见图3)。之所以用"恰如其分"和"再次"表达这种城市景观的呈现,是因为这种类型创作方式已成为当下悬疑类型电影无论是院线还是网络影片的主流表达方式,但这种创作方法仍有"推陈出新"的必要性。

应该说,从早期《疯狂的石头》(2006)、《好奇害死猫》(2006)到后来的《火锅英雄》(2016)、《少年的你》(2019),重庆这座城市已被标上悬疑题材、城市电影等符码。这种创作风格的稳定性固然是类型生产的必要元素,然而如何"推陈出新"才是接下来

图 3 《爆裂的谎言》的城市空间

需要重点思考的问题。当然"重庆"只是一个指代,类似的问题也出现在以东北地域为创作地的相关影片中,比如由院线电影《白日焰火》所延伸出的"黑色题材"创作。换言之,城市空间不应该只为影片提供视觉层面的"奇观空间",更应该从城市文化、大众生活、个体情感等层面给悬疑电影文本提供从"事件"到"人心"的素材。比如近年引发大众广泛关注的"杭州弑妻分尸案""周克华流窜抢劫案"等,从事件本身对人物作案心理的深度发掘才是悬疑电影最大的魅力。比如《再见陌生人》(2020)以儿童拐卖为叙事主线,讲述了"警"与"匪"的追逐故事。

美国悬疑题材网络电影近年的内容表达大致可分为"向内拷问"和"向外探索"两个方面。"向内拷问"主要指创作者以家庭情感为叙事主线,展现社会背景下家庭、个人的情感纠葛,不断挖掘人性深处的"善"与"恶"。"向外探索"是指以"赛博空间""人工智能""克苏鲁神话"为背景的全新创作,将悬疑题材建构在全新的世界观、价值观之上,形成新的表达内容。

根据斯蒂芬·金小说改编的《杰罗德游戏》是"向内拷问"的代表作品,影片讲述一对中年夫妻来到郊区寻求激情刺激,类似"荒岛困境"的悬疑叙事模式发生在女主角身上,她目睹暴毙的丈夫被野狗啃食,自己也多次面临生命危险。就在女主角一次次打算放弃,又一次次鼓足勇气自救时,观众能够感受到隐藏在悬疑惊悚情节下的三重个体困境:1.中年女性在破碎的家庭关系中自我麻痹。2.中年女性默许隐忍丈夫的暴虐与出轨。3.童年创伤与现实境遇的复合。最终女主角实现自我逃离,在自救的过程中也逐一克服了心理的三重困境。

　　根据斯蒂芬·金另一部小说改编的电影《1922》则将故事背景置于20世纪初的美国乡村,向往城市生活的妻子与希望留守乡村的丈夫情感产生裂痕,丈夫联手儿子将妻子杀死。随后儿子成为强盗,暴死乡野,丈夫终日酗酒,最后暴毙在旅店。本片的悬疑因素不在于反复出现的"老鼠"符号,而是希区柯克在悬疑电影中强调的麦高芬(MacGuffin),即推动故事向前发展的"看不见"的元素。影片多次呈现的美国乡间玉米地,人物对话中的"城市生活""乡村故事"以及美国20世纪20年代的"性别权力"在影片中通通成为悬疑的麦高芬,推动故事向前发展。

　　可见,美国悬疑题材网络电影在"向内拷问"的内容表达上注重对社会问题、家庭伦理、个人情感的挖掘与呈现,不以"血腥暴力"的情节场面为悬疑惊悚类型的唯一表现方式,更注重对日常生活、性别权力、代际博弈的"悬疑"表达。这使得美国悬疑题材网络电影在类型发展上与家庭情节剧(Melodrama)产生了融合。这是因为,"家庭情节剧的使命在于聚焦家庭内部的紧张关系,从现实中发掘善恶,从庸常中寻找戏剧性,通过象征性的人物与情节展现两性纠葛、代际博弈,揭示人们'对新世界的焦虑'"。[①] 这与今天美国悬疑题材网络电影的部分内容产生了契合。

"向外探索"方面,美国悬疑电影的内容表达依托近年大众较为关注的"克苏鲁神话"和"赛博空间",创作出《科洛弗悖论》《缄默》《智慧囚屋》《禁入直播》《蒙上你的眼》等风格突出的悬疑影片。

《禁入直播》讲述网络女主播劳拉发现自己的网络账号被人盗用,随之开始深入调查,最后发现竟是人工智能技术复刻的"自己"在虚拟世界进行直播。影片以"网络直播"和"网红"为叙事元素,与当下社会正在发生的消费浪潮和媒介融合形成了互文。应该说,"今天数字媒介的出现使传播再次拥有了人际传播中互动与多元化交流模式的特征"。[②] 这种互动与多元化交流方式一方面正在改变人们的思考方式和生活方式,另一方面也在与今天的艺术创作发生关联。《禁入直播》的悬疑设计在于不断地让真实世界的主体与虚拟世界中的客体发生"错位",这种"错位"既在故事中成立,也在现实生活中普遍存在。

《蒙上你的眼》与电影《寂静之地》(*A Quiet Place*,2018)叙事模式相似,"一旦看到它,就将奉献自己的性命"成为故事的前提。在规定情境中如何寻找希望、逃离一劫成为焦点。影片的悬疑设计在于观众的"全知视角"与剧中人物"全盲视角"的汇合,主人公一次次身陷困境以及如何脱险成为悬疑叙事动力。

---

① 杨远婴主编:《家之寓言:中美日家庭情节剧研究》,东方出版社 2015 年版,第 11 页。

② 克劳斯·布鲁恩·延森:《媒介融合:网络传播、大众传播和人际传播的三重维度》,刘君译,复旦大学出版社 2012 年版,第 74 页。

可见,中美悬疑题材网络电影从题材选择到内容表达,既有交集,也各有特色,彼此应该汲取优点,互促互进。更值得注意的是,在媒介融合背景下对中美悬疑题材网络电影进行比较研究是立足传统媒介与新媒介交汇、数字技术与人文艺术碰撞、本土书写与跨国改编研究的探索路径,不仅对于中国网络影视艺术具有理论研究意义,而且将进一步促进中国网络影视艺术向前发展。

张阳,中国戏曲学院导演系讲师。

技术·创意·追求

——网络小说 IP 改编动画的困难与前景分析

元　分

"自从 IP 元年以来,泛娱乐概念便已深入行业人心,整个行业对 IP 衍生内容开发的热情与投入愈发高涨,IP 衍生内容早已成为各大平台巨头的发展战略的重要组成部分。"[①]网络小说改编动画是 IP 衍生内容的重要组成部分,是延伸网络小说产业链条、提升整体商业价值的重要方式之一。

一、试玉要烧三日满——筛选的取向

什么样的网络小说能得到动画主创的青睐? 哪些改编动画作品能受到观众追捧? 网络小说改编动画作品首先是一个筛选、取舍的过程。从网络小说的分类(玄幻、奇幻、武侠、仙侠、都市、职业、历史、军事、游戏、竞技、科幻、灵异、同人等等)来看,玄

---

① 《2020 橙瓜网络文学行业报告:行业大变局之下的新机遇》,https://www.bilibili.com/read/cv10265505/,2021 年 3 月 13 日。

幻、武侠、仙侠等具有东方特色的网络小说改编动画比较多。2020 年,"唐家三少的《斗罗大陆》成为现象级国漫,在腾讯视频年播放量达到 119 亿,总播放量超 200 多亿。此外还有天蚕土豆的《武动乾坤》,忘语的《凡人修仙传》,我吃西红柿的《星辰变》《吞噬星空》,云天空的《灵剑尊》,蝴蝶蓝的《全职高手》,耳根的《一念永恒》,任怨的《元龙》,发飙的蜗牛的《妖神记》,暗魔师的《武神主宰》,纯情犀利哥的《独步逍遥》等优秀改编动漫,皆取得了非常亮眼的市场表现"。①

在卷帙浩繁的网络小说之中选择适合改编成动画的作品,不仅受到小说影响力、画面感、故事情节、人物角色等多重因素的影响,还受到改编团队的协作配合、改编主创对原著作品认知理解程度、技术条件、投资者意向等因素的影响。随着网络文学的迅猛发展,适合改编成动画的网络小说可选范围更广,可选择空间更大。

中国在网络文学创作方面走在了世界前列,近年来"网文出海"势头迅猛,爱潜水的乌贼的《诡秘之主》、囧囧有妖的《许你万丈光芒好》、耳根的《一念永恒》、我吃西红柿的《盘龙》等多部作品被译介到海外且产生很大反响,Wuxiaworld、Gravity Tales、Volarenovels、Webnovel 等多个海外网络文学网站成为"网文出海"的重要平台。"网文出海"已成中国文化在国际舞台上的重要标识之一,"网文出海"模式逐渐成形,但网络小说改编的国产动画的影响力却难以与网络小说匹敌。

我们应该对改编过程中不断重复的机械式模仿保持清醒的

① 《2020 橙瓜网络文学行业报告:行业大变局之下的新机遇》,https://www.bilibili.com/read/cv10265505/,2021 年 3 月 13 日。

认识,不能让改编成为创作水准降低的过程,不能因为对原著作品疏于研究、对作品本意的曲解而制造一批充斥市场但难以被认可的作品。从近年来网络小说改编动画的趋势来看,改编作品有热度、有需求,整体数量不断上升,但在发展中跨越很难、突破不大,没有形成规模效应的大幅改观。

一些网络小说在连载之初就开始了动画改编,形成小说和动画同时更新的局面,这种作品一般是有一定人气积累甚至非常火爆的作品,这也在一定程度上说明市场对于改编先机的竞争之激烈,市场对更新速度的要求也越来越高。一些作者在改编的过程中又以运营、创作等多种方式参与其中,这样在一定程度上就可以更精准地体现作者的创作意愿和改编取向,但也可能会对改编的突破产生一定的限制和干扰。唐家三少于2016年成立了炫世唐门文化传媒有限公司,代理、运营自己的IP。我吃西红柿是《莽荒纪》的编剧,是《星辰变》的文学监制。

网络文学与动画同为艺术作品,两者的内部通道便是其精神内核,对现实的反省、对人类生存现状的关注、对人性的探索、对人类内心世界的探索等永恒主题的传承,改编作品不需要在故事情节上原模原样,最好是在现有条件下,最大可能地突破,但最终结果却是殊途同归,原著与改编作品内在精神的接应,思想性与艺术性的相互融合。原著与改编作品的通道越多越宽,选择空间越大,则改编的成功率越高。艾瑞咨询曾发文指出,"网络文学改编动漫作品具备一些先天的优势:①网络文学与动漫用户都集中在年轻一代人群,重合度高;②优秀网络作品的情节内容富于想象力,具备较高的内容价值和改编潜力;③优秀网络文学作品本身已经汇聚了大量粉丝,这些粉丝是网文改编动漫最忠诚的观众和传播者。综合来看,网络文学改编动漫将成为国漫中重要的新生力量，推动国漫产业快速发展"①。

二、突破门前五色云——技术的门槛

网络小说改编动画作品，不是简单的压缩，也不是角色、背景、故事的机械搬运，改编是一个再创作、再突破的过程，文字的叙述要转换成动画的呈现，是一个动态的过程，用确定的技术、手法、形式去捕捉那些在时间的流转里不确定的存在与意义。就拿角色设定来说，要多少次地尝试线条的勾勒、色彩的搭配、服装的款式、装备的设计、整体造型的变换，得要增删多少回，改动多少次。我们需要补课，也需要积累，得经历岁月的磨砺，时间的沉淀。

无论是忠实于原著进行改编，还是抽取部分故事进行改编，或者完全颠覆原著进行改编，都要面对技术的门槛。总体来说，绝大多数改编动画作品依赖于原著的人气积累和热度。《全职高手》《斗罗大陆》《星辰变》等作品以季播出的更新形式成为目前的主流，把作品改编单元化。分季播出的好处就是降低投资风险，让创作者能够有一段空档期进行沉淀或放松，然后再以相对饱满的激情投入创作之中。

网络小说改编动画，是一个由纸质媒介向图画媒介转变，由图画媒介再向影像媒介转变的过程，讲述故事的方式完全变了，是对原著作品进行的"二次创作"。文字表述的形式更为简单，其思想性、艺术性、复杂与难度隐藏在字里行间，动画则较为复

---

① 《2017年最具改编动画潜力网络小说排行榜》，http://comic.sina.com.cn/dongman/2016-12-15/doc-ifxytqax6099971.shtml，2016年12月15日。

杂,用音像语言来描绘形象、勾勒背景、渲染气氛,是单一艺术形式向综合性艺术形式的转换,表达方式、表现形式、表述语言完全不同,受众的精神体会、感官体验也完全不同,文字预留的想象空间更大,动画虽有现场感,但在一定程度上局限想象力的发挥。网络小说和动画都是虚构的艺术,但阅读文字与观看动画是完全不同的感官体验。

网络小说以章为单位设置,而动画片以集为单位设置,小说的每一章和动画的每一集无法一一对应,改编则意味着原著中的故事节奏完全发生变化,要重新进行情节编排和悬念设置。成功的改编作品让原著获得新生,会站在原著的最高处向更高处攀登,好的改编作品应该成为原著的"放大器"而不是"吐槽地"。改编作品不能仅仅作为原著的影子而存在,而要通过其精神内核向更远的精神远方进发,比原著高度更高、境界更深才是惊喜之作、清奇之作。

如果动画改编永远停留在一个层次、一定难度上,就会进入低端的死循环之中,机械重复短时间内可以快速地攫取商业利益,但同时也意味着这种方式的创造力、生命力在逐渐走向枯竭。要坚持充满活力的创作,有信念,有追求,不断地确定更高的目标,下一个作品要有更大的突破,每突破一重困难,前面的困难更大,但同时我们也能看到更大的世界。

三、满眼生机转化钧——创意的力量

创意体现在运用技术去改编作品,让改编作品的表现力最大化。创意是改编作品的灵魂,一个好的动画导演或编剧,可以不懂技术,但一定要清楚想要呈现什么样的艺术世界,他所追求的表现效果是何种境界。

网络小说改编动画作品，技术是门槛，创意则在很大程度上决定着改编的深度和高度，有多大的生命力、活力。创作是一场心灵穿越之旅，在旅途之中永远不知道接下来会发生什么，同时也拥有无限可能，创作者在其中设谜、藏格、赋予角色生命，期待观众去挖掘彩蛋，探寻意义。

我们要强调经典长存，"套路"永生，同时也要坚持创意无限，突破不止。"先入窠臼"才能不落窠臼，才能突破，就是既要在原有基础上充分吸收养分，又要借助原著的高度攀登更高处。既挖掘好故事，也注重讲故事的方式。动画的创作过程，是一个思想迸发、能量传递的过程，把想象力幻化成具体的线条，把内心的冲动激情以音像的形式表达出来。这个过程中，那些形象会在创作者的心里埋下种子，有些种子没有发芽，有些长成了可爱的小草，有些长成了杂七杂八的灌木，有些经历挫折长成了清奇的大树，有些经不住风雨摧残最终夭折，有些形态端正，有些旁逸斜出，情况各不相同。

有一些场景、场面的精彩程度会因为技术门槛限制而被削弱，前期的造型设计、草图绘制、色彩的搭配、分镜头的对接，后期的特效制作、配音演员对角色的塑造、背景音乐的运用等，每一个环节都可能让作品出彩，也可能把作品带入"深渊"，甚至片头曲、片尾曲的水准都关乎着整个动画作品的生命力、影响力。网络小说中用文字描写的形象是模糊的，具有不确定性，不同读者会有不同的想象，动画改编是赋予角色生命的过程，使形象逐渐变得清晰，再配以声音、动作、神态，使形象更加立体、饱满。

艺术作品很大程度上呈现的是不可能事件，但看的人宁愿相信那是真的，存在于现实世界与想象世界某个交汇的地带，这是人的内心世界、精神世界和想象力世界。理想的改编作品是深入灵魂深处的创作，我们要坚持不懈地追求。一些主观或客观因素导致动画作品在传递信息的视听过程中形成接受阻隔，停留在表面，观众难以被带入更深层次的精神世界，以忘我、融入的状态接受动画作品；或是改编主创因为创意不足，缺少探索精神，难以在作品中找到有思想有深度的灵魂和气息。改编主创要能够跳得出原著，又能够入得了状态，投入角色的悲欢情绪之中，深入角色内心之中，才有可能在创作中打开一个全新空间。根据我吃西红柿原著小说《莽荒纪》改编的动画作品，将孟婆的形象设计成了一位曼妙少女，让人眼前一亮。

四、天光云影共徘徊——价值的关联

中国动画产业的发展得到了国家及各级地方政府的高度重视和大力扶持。自 2004 年以来，我国相继出台了《关于发展我国影视动画产业的若干意见》《关于促进我国动画创作发展的具体措施》《关于推动我国动漫产业发展的若干意见》等一系列政策，从构建国产动画片播映体系、优化国产动画创作和投融资环境、培育高素质的动画人才队伍、实施国产动漫振兴工程、构建相互支撑的动漫产业链等多个方面支持国产动画产业的发展。北京、上海、苏州、杭州等地也相继出台了地方性的动画产业发展规划和各种扶持政策。随着动画产业的发展，动画反哺网络原著的案例会越来越多。

网络小说与改编动画紧密关联，相互影响，相互渗透，对原著热衷的读者会期待作品改编成动画的效果，同时动画观众可能先看动画又反过来去读原著作品。由网文 IP 改编的动画，会让没有读过原著的观众翻出小说,回头梳理剧中情节,让网文原著再度翻红。看了原著的读者会对改编动画有所期待,因为热爱一部网络小说而继续去追动画改编作品,而且越是热爱,越是期待。

2019 年由蝴蝶蓝小说改编的动画电影《全职高手之巅峰荣耀》,票房收入 8558.4 万元,获第四届中加国际电影节(Canada China International Film Festival)"最佳动画奖"。"这不是这个团队第一次运营 IP 改编动画,早在阅文动漫团队还未正式结成之前,团队的主要成员就主导了《择天记》的动画改编,在长达一年的项目中积累了丰富的经验。2015 年,阅文集团正式成立,《全职高手》的动画化也提上了议程。"①

为推动动画产业的发展,既要创作一批在市场具有商业价值的作品,也要创作一批经得起时间考验的经典之作,各种类型都要有所发展。

五、会挽雕弓如满月——改编的前景

"经过 10 余年的发展,网络文学已经成为目前内容产业界主要的开发源头,源源不断地输出优质内容,由网络文学改编而成的影视剧、网络剧、网络大电影以及游戏等作品类型,几乎每年都会出现'爆款',斩获流量与口碑的双丰收。然而,同影视剧、网络剧等作品类型相比,作为重要文化产品形态的动漫,与

① 远月:《〈全职高手〉特别篇:网文第一 IP 的动画涅槃之路》,https://www.gamersky.com/201805/1046281.shtml,2018 年 5 月 11 日。

网络文学的跨界合作并没有那么紧密,市场尚待拓展。"①国产动画发展比较缓慢,可以挖掘和上升的空间非常大,前景无限广阔。放眼全球,国际市场对动画也有极大的需求量。但是,要想让国产动画行业整体向前推进,短期内有大的突破、大的进展,则困难重重。尽管市场需求量很大,但品质不够精良的作品难以有可观的市场回报。技术上的突破、创意上的提升、局限思维的破解、资金的运作、对市场需求取向的把握、团队协作配合的默契程度等等,每个环节都至关重要,每个环节都大有文章可做。我们需要有一个绝对清醒、相对准确的定位,然后从脚下出发,去追逐多彩的梦。

面对困难,认真选择,不逃避也不投机。不断地克服困难,美好的景象也层层展开;敢于选择、勇于选择,在信念的指引下前行。可能是无数次的碰壁,才能找到那么一条通向远方的小路。我们需要必要的复杂,但拒绝任何多余的复杂;我们需要简约,但不是简单地省略掉那些必要的部分。那些精良的作品永远让人期待,那些具有开发潜力的 IP 改编作品成绩斐然。

艾瑞咨询曾发布 2017 年最具改编动画潜力的网络小说排行榜,Top10 分别是《全职高手》《花千骨》《盗墓笔记》《斗破苍穹》《遮天》《大主宰》《斩龙》《校花的贴身高手》《太子妃升职记》《完美世界》,从网站来源看,起点中文网 7 部,晋江文学城 2 部,17K 小说网 1 部,从男频女频来看,男频 8 部,女频 2 部,这个数字和网络文学的大数据基本一致。"热播 IP《斗破苍穹》首播 24小时破亿,首季点击量超 10 亿;《斗罗大陆》3D 动画上线 1 小

---

① 《网络文学+动漫 构建版权开发新风向》,https://ciipr.njust.edu.cn/ef/8f/c11090a192399/page.psp,2018 年 5 月 17 日。

时，收获 1.3 亿点击量，这些都是最好的佐证。"①

中国政法大学传播法研究中心副主任朱巍认为，"同网络文学的影视剧、自制剧和游戏等改编相比，网络文学动漫改编难度更大，比如，缺乏成功的可借鉴的经验和专业的人才；在改编为动漫的过程中，网络文学作品的内容量大、情节跌宕起伏，为衍生产品开发提供了丰富素材，但网络文学通常篇幅较长，如何选取适合改编的故事情节及如何将静态文字转化为动态情节等难度较大"。② 从长远的发展来看，困难重重，但又让人充满期待，这是一个漫长的过程，也是一个起伏变化的过程，与欧美、日本等动漫大国相比差距仍然较大，我们要打好网络文学这张牌，充分利用国内网络文学的优势，因势利导，促进动画改编事业的发展。网络小说改编动画可以尝试从以下几个方面寻找突破：一是打造中国特色，书写中国故事，民族的东西才是我们的根和魂；同时，也要放开眼界关注全人类，书写心灵、书写人性，探索自然奥秘、宇宙神奇；以开放和包容的胸襟吸收国外动画产业的先进经验和做法，引进先进技术，从多个层面增强国产动画发展的内生动力。二是注重高精尖人才的培养，目前，国家广电总局批准建立的国家动画教学研究基地仅有 8 个，分别是 2005 年批准的中国传媒大学、北京电影学院、中国美术学院、吉林动画学院，2007 年批准的浙江大学、浙江传媒学院，2008 年批准的山西传媒学院、西安美术学院。对动画产业领军人才培养还需要进一步增强，注重人才的长线培养，形成梯队效应。三是运用高科

---

① 《网络小说能否促进动漫行业的发展？》，https://baijiahao.baidu.com/s? id=1606241281948181296&wfr=spider&for=pc，2018 年 7 月 17 日。

② 《网络文学＋动漫 构建版权开发新风向》，https://ciipr.njust.edu.cn/ef/8f/c11090a192399/page.psp，2018 年 5 月 17 日。

技推动动画产业的发展，动画特效的制作、后期的剪辑、音效的合成等，都需要高新科技为其助力增色，让有思想的创作和高科技紧密结合才能做出高端之作、精品之作。四是坚持市场导向，国内的产业环节基本上集中在"动画制作"及播出，动画行业尚未形成有效的产业链条，做强做长动画产业链条，依托动画产业发展催生新的产业群和价值链，让网络小说改编动画作品产生辐射效应。

未来不确定，但我们满怀期待。

元分，平凉市网络作家协会理事。

论电视剧《三十而已》呈现的"时代精神式高峰"

——从揭示女性意识全面崛起的角度

陆兴忍

我国从 20 世纪 80 年代初开始译介、接受西方女性主义理论,20 世纪 80 年代末女性主义理论开始运用于批评实践,到 20 世纪 90 年代以来女性主义文学批评文本大规模出现,女性主义渗透于多个学科,高校各类女性主义课程和讲座不断开设,女性主义理论逐渐成为一个普泛化的研究视角。15 年前有学者曾担忧:"作为专业的女性文化研究者,如何使自己的理论主张和研究成果回馈社会,推动社会文明的发展,而不是高高在上、沉浸于自我的优越感之中,这确实是中国的知识群体,尤其是女性知识群体需要加以自省的,这也将是关涉到中国的女性主义前途和未来的重要问题。"①目前这种担忧可以缓解了——时至今日,女性主义理论在中国的传播和接受已有 40 多年的历程,男女平

①　杨莉馨:《异域性与本土化:女性主义诗学在中国的流变与影响》,北京大学出版社 2005 年版,第 130 页。

等的观念、女性意识的崛起在城市中已日益常见。最显著的标志我以为就是 2020 年 7 月网台同播的 43 集电视连续剧《三十而已》，该剧体现出主创对性别平等观念的认可、积极拥抱的态度。剧作对思想层面上女性意识全面崛起的揭示，对多阶层女性生活情态的展现，对走向审美化、意义化的生活道路的探索，体现出思想的深刻性、情节的丰富性、多样性的统一，超越市面上单一凸显女权的"大女主"剧和以情感慰藉为卖点的"甜宠"剧，堪称近年女性现实主义题材影视剧创作的文艺高峰。

一、《三十而已》主创团队自觉的女性立场

（一）柠萌影业对电视剧品质有精准的定位

"诞生于 2014 年的柠萌影业至今共出品了五部已播出的卫视大剧，不属高产，但每部剧播出后，总能因为阵容强而有力或是内容直戳观众痛点，引发话题热议的同时，在网台成绩上获得双收。"①之所以取得这样的好成绩，在于掌门人团队苏晓、陈菲、徐晓鸥等已经在影视制作行业从业多年，有着过硬的专业水准，在古装剧热潮中，另辟蹊径专攻现实主义题材，呼应现实生活的热点问题，既传播时代呼声，沟通社会民情，又以高品质的制作实现了企业效益，可谓叫座又叫好。他们坚持的文化追求和价值导向是"柠萌不做速食的产品"，为此在电视剧题材开发上，不惜花时间，做扎实的调研、采访、讨论，以真正符合现实主义创作

---

① 《柠萌影业 CEO 苏晓：中国剧集仍有突破性，需要再大胆一些》，http://news.guduomedia.com/? p=24930，2018 年 4 月 12 日。

方法的方式采集、提炼剧情内容。编剧张英姬花了近两年时间调研、采访和写作,自曝曾数度崩溃①。正因为这样的坚持,这一女性题材的剧作不是简单地"接地气",不是简单地还原家庭的婆媳关系、柴米油盐的矛盾、育儿的慌张……或许生活还是那个生活,柴米油盐还是那个柴米油盐,但是融入了一定的思考、一定的判断、一定的倾向性,体现出那么一点时代的哲思,用制片人陈菲的话说就是"离地半尺"。2015年苏晓带领柠萌影业提出要以"超级内容连接新大众",即制作的内容可以贯穿所有媒体渠道,把消费者重新聚合起来;2019年提出内容公司的一切起点和终点都是"人","人塑内容,内容塑人"的愿景使命。正是这些精准定位和创作主张,提供了制作出高品质电视剧的基本保证。

(二)《三十而已》主创团队自觉的女性立场

剧作主创人员大多是"80后",正是伴随着西方女性主义理论的译介"节拍"成长起来的影视人。柠萌掌门人苏晓、总裁陈菲均是"80后",该剧编剧张英姬为"85后",2011年硕士毕业于中国传媒大学,导演张晓波为重庆大学美视电影学院2000级毕业生,正是伴随西方女性主义在中国译介、传播成长起来的影业骨干,受过高等教育的他们无疑在学校课程中接触过女性主义的话题。张英姬直言自己"特别喜欢写人物的成长,也喜欢从女性视角代入",但"不是一个女权主义者,写东西的时候也从没有仇恨男性"。②她谈到看到两本书,即《男孩要学的一百件事》和

---

① 《〈三十而已〉编剧:写这个本子,我曾经数度崩溃》,https://www.1905.com/news/20200730/1471642.shtml,2020年7月30日。

② 《〈三十而已〉编剧:写这个本子,我曾经数度崩溃》,https://www.1905.com/news/20200730/1471642.shtml,2020年7月30日。

《女孩要学的一百件事》，心里很不舒服，想呼吁大家共同努力去消除关于性别的刻板印象。这些都说明她接触过并接受女性主义理论，并致力于性别平等的表达。编剧张英姬有了《三十而已》的创作想法，"陈菲和徐晓鸥也在对整个市场的观察中，敏锐地感受到了女性意识的崛起。这些正是《三十而已》的创作土壤，主创迅速明确了要做展现新一代女性困境与成长的作品"。①《三十而已》的总制片人、柠萌影业总裁陈菲在接受澎湃新闻采访时坦陈《三十而已》的三个难点中，"第三也许是最难的，如何做一个表达清晰的女性视角、女性立场的作品"。②。陈菲还说："我们未来一定会在女性题材上深耕。这是一个取之不尽的话题宝库。"③所有这些说明该剧主创从创作之初就有表达明确的女性意识、批判刻板的性别偏见及传达性别平等观念的自觉意识。该剧获得上海文化发展基金会资助（现代剧每集 20 万－50 万元）④，也可以从侧面反映出基金会认可这一剧作前瞻的创作观念。

二、《三十而已》对女性意识全面崛起的揭示

《三十而已》在剧情的表达上做到了清晰的女性视角、女性

---

① 《想问一下〈三十而已〉的主创，你们是不是认识我?》，http://k. sina. com. cn/article_5737990122_15602c7ea01900o89l. html，2020 年 7 月 24 日。

② 《制片人陈菲："不惑"和"而已"都是一种态度》，the paper. cn/news Detail_forward_8448232，2020 年 7 月 28 日。

③ 《想问一下〈三十而已〉的主创，你们是不是认识我?》，http://k. sina. com. cn/article_5737990122_15602c7ea01900o89l. html，2020 年 7 月 24 日。

④ 《热剧〈三十而已〉背后又见上海文化发展基金会，已是多家上市公司补助"金主"，联合出品方也估值起飞》，nbd. com. cn/articles/2020-07-31/1472515. html，2020 年 7 月 31 日。

立场的贯穿。剧作主要表现了三个 30 岁的青年女性在大都市的工作和生活：以顾佳为代表的都市精英女性——家庭和事业兼顾，样样事能做到"优＋"，几乎达到完美状态的女性；以王漫妮为代表的"沪漂"打工阶层，以自己辛勤的汗水和出色的工作业绩在都市站稳脚跟；以钟晓芹为代表的本地乖乖女，普通工薪阶层女性。还有在剧集片尾出现的第四个 30 岁的女性——在街边摆摊卖葱油饼的不知名女性。

《三十而已》直面四个不同阶层的 30 岁女性在都市生活中面临的挑战、困惑与取舍。顾佳，刚开始想要走捷径，孜孜于融入富太太圈，想以此圈人脉去开拓一个全新的事业，上当后幡然醒悟，洗尽铅华从此为了自己的小家庭，更为了偏远山区千千万万的小家庭，迎难而上，揽下湖南山区茶叶的生产、包装、销售，从为"自己"到为"大家"、从浮华、高调的都市生活追求走向朴实、低调地为"大家"奋斗，从多个层面展现了一名都市优秀女性的成长历程与她睿智、达观的处事态度、能力。自始至终，她都不依赖于人，虽然身为全职太太，但实际掌控公司大局，关键时刻还得为丈夫解决危机；她是娇柔、善解人意的妻子，是能为朋友分忧的闺蜜，是能够放下体面、为了捍卫儿子的尊严而动手打人的母亲，是孝敬父亲的女儿。她想赚钱，但面对恶意要挟的商业合作，宁可面临公司破产也坚决不妥协；面对公司内部以媚邀宠、以巧讨好的不务实作风，她毫不犹豫地批评、叫止。可以说，少年失母而造就了她的独立、内敛、自律和敢于担当，她八面玲珑而不世故，多面周旋而能收放自如，堪称新时代美丽、独立、自信、有能力、坚守道德底线的理想职业女性形象。

而王漫妮则是没受过高等教育、来自平民阶层的女性，从一个懵懂的职场"小白"奋斗到奢侈品服饰品牌的高级销售。在上海漂泊八年,每一个铜板、每一次升职都缘于她一点点的打拼和积累——她每天第一个到店打卡,最后一个离店锁门,妆容精致,微笑待客,不以貌取人而获得买菜大妈的百万订单。她与人为善,但面对同事的妒忌、使坏,她也不是任人拿捏,而是直接还击、解决问题。王漫妮在职场上努力到极致,怕耽误工作经常不喝水,憋尿得了急性肾炎,还要应对各种职场的纷扰,诸如经手店内金额最大的订单差点被同事抢单,接待男顾客受到骚扰,满心期待升职副店长等来的却是空降来的副店长……即使如此,王漫妮也扛住了。让她心灰意冷的是感情的挫败。王漫妮坐邮轮旅行,遇到的梁正贤正符合她对另一半的所有幻想,然而梁正贤宣称自己是个不婚主义者,为着个人尊严,她坚决地退出了。在家乡短暂休憩后复出的她,迎接富商魏先生给出的貌似不可能完成的挑战——到至晟公司做应收专员帮公司追债。面对这一零基础的工作,她拉得下脸皮、放得下身段,干得有板有眼,三个月下来不仅与客户成了朋友,还超额完成了业绩。按照协议,她可以去当米希亚店店长了,可以扬眉吐气了,在上海也站稳脚跟了。出人意料的是,胜任了应收专员这样高难度工作的她,在各种刁难的人和事中历练过的她,能力和见识也大大见长,她有能力也有自信去探索更大的世界和未知的领域了,她选择出国读书。王漫妮这个人物的出彩之处,就是她在认清社会的现实和残酷后,依然保有梦想,依旧鲜活动人、充满行动力。她作为一个出身普通、学历不高的女孩,不借助风力,不依傍他人;即使站在新的起跑线上,碰到恶势力,她也不畏惧。这种不肯将就和屈服、敢想也敢试、肯持续学习的态度和能力,在21世纪人人都想快速致富、赚快钱的时代环境下尤为难能可贵,极大凸显了21世纪新女性的主体力量。

而钟晓芹似乎代表着普通的大多数，按部就班、随遇而安地读书、工作、结婚，父母健在、工作安稳，生活似乎就这么平平淡淡地过着。作为一个在物业公司工作的办公室小职员，她对生活没有拼劲和野心，会因为怀孕而主动放弃难得的升职机会，生活中不懂得拒绝，没有宏大目标，享受着平凡的快乐。当她30岁离婚后，开始独立生活，没有了父母、丈夫作为保护伞为她遮阴挡雨，她有了新的追求者，并通过写作反思和重建人生。遭遇婚姻的挫折后，她的内心越来越强大，才知道自己最想要什么，谁是最适合自己的伴侣，也多了一份对家人的责任。她在写作中找到自己的快乐，也得到自我的实现——她因自传式小说《云朵有几种姿态》成为网红作家，获得156万元的版权费。原本她在剧中平平无奇，却因为创作记录三个人生活的小说，逆袭成为剧中三位主要女性生活经历的总结者、反思者。看起来经历平淡、能力平凡的钟晓芹也有着不平凡的能力，她从普普通通的小职员变成闪闪发光的网红作家，影视公司争相出价把她的小说改成电视剧。在剧作叙述中，正是经由她，电视剧的故事才得以呈现在观众面前，一个原本普普通通的邻家女孩，通过写作能力的自我开掘，实现了对自我的确证——正是"咸鱼也能翻身"，给观众带来开拓自己人生空间的勇气。

　　剧作所展现的三个主要女性形象，她们不再有"娜拉出走之后怎么办"的忧虑，也不用像白流苏那样算计如何依靠婚姻获得依傍，她们没有在"男女都一样"的宏大情怀下失去女性的光彩，她们也不像20世纪90年代陈染、林白笔下的女性那么高冷、自矜、自怜，不知人情冷暖，更不像卫慧、棉棉笔下的女性人物那样沉湎于物质、感官欲望，她们也不像电视剧《我的前半生》中的罗子君那样让职场男性精英贺涵给她们提供职业指导……她们对

163

自己的女性身份不再惶惶不安,她们通过职场的历练和生活的坚实经历,获取了对自身能力的自信,她们对生活中的一切能坦然面对,对年龄她们坦然接受——"三十而已"是 21 世纪女性对一切挑战的无畏、接受与正视,这正是女性意识的全面觉醒,女性自我力量的确证。她们为自我的选择、自我的实现而奋斗,不是为了男人、儿女、家庭,甚至也不是在家国情怀、宏大叙事的背景下去努力,她们仅仅是出于自身判断去选择自己的生活道路、生活方式。鲁迅的时代,娜拉走后"也实在只有两条路:不是堕落,就是回来"①,而鲁迅笔下的子君直接以"死"决然地否定了"回来"。电视剧《我的前半生》里资深全职太太罗子君仍需在业界精英贺涵的指点下走向人生的自立与成功,《三十而已》里 21世纪的新时代女性则有勇气、有能力,不依靠男人,在职场和生活实践中自主地选择和决定自己的命运、人生,这是女性意识全面崛起的真实写照。

三、《三十而已》对多阶层女性生活情态的展现

43 集剧作以三个主要女性人物为典型,通过她们活动的场景平行交叉展开情节,展现不同阶层、职业、家庭、个性等诸多女性的"全景式"生存状态:有富太太奢侈生活的攀比与算计,有"虎妈"不惜一切代价为孩子争取教育资源,有职场女性的拼搏,有全职太太的琐碎,有婚内出轨、不婚主义等,涉及都市方方面面的热点话题。一方面考虑到影视剧作为大众文化的通俗性,

①　鲁迅:《娜拉走后怎样》,《鲁迅杂文全集》,河南人民出版社 2002 年版,第 52页。

需要"接地气"地展现多维度的大众关注的生活画面和热点问题;另一方面又通过主要女性人物在多维生活场景中面临的自我价值和社会价值的选择与困惑、纠结与成长,展现时代生活主题和社会侧影,以此实现剧作娱乐性、趣味性、思想性、审美性的并存。正如制片人陈菲说的:"现实题材就是要直面现实生活当中的痛点、问题、困境,然后引发大家的讨论、思考、共情,最后通过主人公的选择和成长,让大家获得力量。观众现在看剧集,对于信息量的要求是很大的,你如果给他看事件密度不够的剧他很难满足。三十(指《三十而已》——引者注)的做法我们认为符合当下观众观剧的心理节奏,以及对信息接纳的需求。"①

电视剧满足了观众对都市生活认识的多方面需求。剧作前半部铺叙了大都市的异彩纷呈、光怪陆离、奢华富裕。在《三十而已》一开头,就铺叙了有钱客户抢购王漫妮所工作的奢侈品牌线下店米希亚当季限量款的包包——那个店随便一条裤子就要上万元,高级定制的珠宝一枚上百万元,然而有钱人趋之若鹜,就跟日常买白菜一般。电视剧又描述了身处精英阶层的顾佳为打入"太太圈"想方设法换限量款的奢侈品牌包包,又通过顾佳的视角展现富太太们生活的各种场景,满足了一般观众因"贫穷限制了想象力"的各种窥富欲,使其能进一步认识生活、获得信息量和话题资本。同时也通过妆容精致、衣着考究的奢侈品牌金牌销售王漫妮的工作经历和她邮轮之行的所见所闻,呈现都市社会变幻无穷的商品符号与华丽壮观、瞬息万变的都市影像,铺叙富豪阶层对"行头"的追逐和空虚浮华的内心世界,以及消

---

① 南风:《〈三十而已〉总制片人:我们的立场,对出轨零容忍》,http://ent.ifeng.com/c/7yKrMqgxJIG,2020 年 7 月 23 日。

费社会中人们对新的符号产品、个性、价值话语的拥抱、体验,呈现当代富豪阶层追逐物质性享受的一个侧影。

与此同时,电视剧在平实的职场生活展现中注重真实性和细节的推敲。不少有着类似职业经历的网友纷纷盛赞《三十而已》江疏影出演的王漫妮柜姐一角,在很大程度上还原了这个职业的行规和细节,剧情足够"接地气"。"为了销售不喝水憋尿""丢库存需要加班加点盘点""高端产品需要预订"" '行头'的分量是混圈子的资本"①等细节真实还原了柜姐的日常,这些细节表现出小镇出身、努力维持一份体面的都市丽人王漫妮在职场中的"蛮拼"——一个每月一万五的工资,每天用力活着的都市"月光族"的工作状态。而在商场的物业部门上班的钟晓芹,则是职场"便利贴女孩",在职场上没有规划和野心,工作毫不"高大上",都是些琐碎、纷杂的后勤服务工作。由于从小在父母的宠爱中长大,对人、对世界充满善意的她对同事的要求总是有求必应,虽然赢得好人缘,但久而久之成了大家习惯性的跑腿打杂人员,让她苦不堪言。但是这样的女性正是善良、温暖的大多数。正如她同事钟晓阳说的,"之前我不明白,为什么一见到你就会觉得放松,心情就会好,相处久了,我才发现,你就像我喜欢的那些云一样,永远不会争当主角,风能吹散你,雨也能吓垮你,但是你总能自我修补","不娇气,也不矫情。抬头看天,天上有云的时候,一定是个好天"。

剧作也很精心地呈现葱油饼摊一家的生活点滴:这是城市街头寻常的葱油饼摊,剧中女摊主是一个一边摆路边摊一边带

① 殷素素:《〈三十而已〉10 大真实细节:柜姐被骚扰是常态,"行头"是混圈的资本》,https://www.sohu.com/a/409414045_605773,2020 年 7 月 24 日。

孩子的大约 30 岁的女性,一家蜗居在除床外仅能容纳一张桌子的狭小房间,一家三口挤一张床,她每天凌晨起来切葱、备料,然后出摊,老公则送外卖。到了饭点,她烙好葱油饼装袋,等待老公送外卖的途中过来享用。大都市的灯红酒绿、山珍海味与他们无关,他们只珍惜当下拥有的每一元收入和一家三口的点滴温情。风吹日晒、起早贪黑是他们生活的常态,然而他们知足而满怀希望,只为生活的蒸蒸日上——从流动摊升级为固定的店面,更上一层楼——这正是民间大多数普通人的生活逻辑。这是外来的底层女性生活的写照,虽然艰辛,但是坚实有爱,温暖人心,"不管什么阶层,努力生活的样子都很美好"。有剧迷说:"每次看到这家人,一下子就把我从光鲜亮丽的剧情,拉回烟火气十足的现实,比起富太太们 260 万元的包包,这才是人间真实。"①

恩格斯曾提到一种理想的戏剧状态:"较大的思想深度和意识到的历史内容,同莎士比亚剧作的情节的生动性和丰富性的完美融合。"②恩格斯肯定莎士比亚剧作《亨利四世》《亨利五世》情节的生动性和丰富性:以没落贵族骑士福斯塔夫的活动为线索,展现英国下层平民光怪陆离的生活场景,从而向人们打开了一幅表现英国 16 世纪社会生活的风俗画,达到了人物卓越的个性刻画和情节生动性、丰富性的融合。电视剧《三十而已》展现了四个不同阶层的女性及其心理层次与心理成长:有"文"能调

---

① 《〈三十而已〉不只"爽"! 片尾彩蛋藏深意,我敢说大部分人都错过》,https://www.sohu.com/a/409162779_479198?_f=index_pagefocus_3&_trans_=000012_wm_sy,2020 年 7 月 23 日。

② 马克思、恩格斯:《马克思恩格斯全集》第 29 卷,人民出版社 1974 年,第 582 页。

适望远镜、赏鉴莫奈画作，"武"能摆平客户、逼退小三，虽为家庭主妇，但智慧与美貌并具的精英阶层女性顾佳；有挣着一万五的工资、租住七千元房子的都市打工族"沪漂"王漫妮；有成长于本地、衣食无忧的普通工薪阶层钟晓芹；有终日忙碌、售卖葱油饼的底层外来女工。当然还有"活在丈夫的价值半径里"，过着养尊处优生活的阔太太们：她们买几十万、几百万元的包包像买白菜，每天百无聊赖到学学裁缝、喝喝下午茶、晒晒朋友圈，如扬言要为儿子买个"小行星"的王太太，转让亏损茶厂给顾佳的李太太、18线小明星嫁大自己20岁富豪丈夫的于太太等等。通过这些不同阶层的女性形象，打开不同生活空间的生活场景，拓展了电视剧的艺术表现空间，避免局限于某一类型女性形象的单调，使电视剧变得更加丰满、多元。一方面，《三十而已》在思想深度上展现都市女性意识的全面崛起；另一方面，《三十而已》在都市生活内容的表现上兼顾了情节的生动性和丰富性，达到了近年女性题材创作的一个文艺高峰。这种文艺高峰，属于王一川先生概括的八种文艺高峰中的"时代精神式高峰"[①]，它"极大地依赖于整个时代精神整体氛围的支援"，它是五四运动、新中国成立直至改革开放中国女性解放运动累积的成果，尤其是近40年来社会性别平等观念累积成果的集中呈现。

女性的成长不再只是局限于寻找情感归属、结婚育儿和家庭的琐琐碎碎这些日常生活的领域，她们也可以在更多的领域寻找到更多的自我价值和自我实现，她们有勇气拒绝，也有勇气担当。"结婚成家生娃不再是衡量女人30岁成功与否的标准，

[①]　王一川：《当代中国能有什么样的文艺高峰？》，《民族艺术研究》2020年第2期。

《三十而已》把电视剧中的中年女性角色从家庭琐碎中救了出来。她们都在不停寻找更大的自我实现，情感落点不再是女性角色身上最大的议题，王漫妮、顾佳、钟晓芹的经历、选择，就是现在大部分都市女性的表达、视角和立场。"①该剧开播后 21 天，腾讯视频播放量达 43.4 亿次。在豆瓣上，它凭借精彩的剧情和人物塑造拿下了 7.8 的高分。其中，超过 70% 的观众打到了 8分以上。② 所有这些正体现出观众对该剧的认可，是对该剧所表现的女性意识、女性立场的认可，也体现出大众文化层面女性题材叙事的渐趋成熟与完善。

四、结语 走向审美化、意义化的生活

恩格斯除了提出理想的戏剧状态是将思想深度、历史内容与情节的生动性和丰富性完美地融合之外，他还提出了现实主义文艺创作的重要原则，即现实主义文艺作品的内容不仅仅应该是真实的，同时对它的理解应该是正确的，即有正确的倾向性——艺术家对他们表现的生活所持的立场、态度和评价必须是正确的。恩格斯说："倾向应当从场面和情节中自然而然地流露出来，而不应当特别把它指点出来。"③别林斯基也说："在艺术

---

① 《想问一下〈三十而已〉的主创，你们是不是认识我？》，http://k.sina.com.cn/article_5737990122_15602c7ea01900o89l.html，2020 年 7 月 24 日。

② 《〈三十而已〉编剧：写这个本子，我曾经数度崩溃》，https://www.1905.com/news/20200730/1471642.shtml，2020 年 7 月 30 日。

③ 马克思、恩格斯：《马克思恩格斯全集》第 29 卷，人民出版社 1974 年版，第385 页。

的领域内,倾向要不是被才能支持着,是不值一文钱的。"①

电视剧《三十而已》通过具体情节塑造真实的人物形象,通过展现人物的所见、所思、所想呈现生活的现实,虽然也表现都市生活中的纸醉金迷、物质主义、贫富差距、虚伪欺骗等,但是无论是住着千万豪宅的顾佳、漂泊无依的王漫妮,还是路边卖葱油饼的女摊主,她们在每天高速运转、创造巨额财富的繁华都市里,并没有迷失自己,她们努力生活的样子,让人感动。顾佳抛开最初想走捷径获巨额财富的浮夸,坚实、坚定地走向实业,救自己也救贫困的湘西茶农们;王漫妮也能抛开华而不实、并不平等的恋爱,剧末还能自信、坦然地面对并拒绝曾经高高在上的恋爱对象,并且决心出国留学,探索自我实现的更大空间;钟晓芹则在写作中获得了平凡的职业不可能带给她的自我实现的快感和财富获得感,更加自信、从容。她们有能力、有颜值、经济独立,但不世俗、不世故,不畏惧、不后退,敢于面向未来,探索无限的可能——无论什么时候,都有重新开始、乘风破浪的勇气。而卖葱油饼一家人的生活尽管如此平凡、琐碎、奔波、劳碌,但他们却丝毫不觉得辛苦,仿佛过得比谁都开心,总是一脸的笑容和满足。这一底层坚实的"人间真实"也是电视剧暖心、治愈的存在。甚至葱油饼摊位上"有事离开,扫码自取"的牌子,也是基于人与人之间互相理解和信任的一个美好愿望的细节呈现。正如陈菲说的:"我们还是在找寻一种共情和寄托,去给观众希望和对未来人生的追求,甚至可以去获得另一种勇气。"②此外,《三十而

① 别林斯基:《1847 年俄国文学一瞥》,《外国理论家 作家论形象思维》,中国社会科学出版社 1979 年版,第 81 页。

② 《想问一下〈三十而已〉的主创,你们是不是认识我?》,http://k.sina.com.cn/article_5737990122_15602c7ea01900o89l.html,2020 年 7 月 24 日。

已》的主创意识到"现实题材的创作，还是要正视人性的复杂，在原则底线之上，是否会有感性的挣扎、纠结、反复甚至沉沦"[①]，"《三十而已》的成功，或许正是因为它没有用所谓的'政治正确'去贬损他人的选择，而是尝试还原每种生活的幸福和狼狈"[②]。剧作主创创作的初衷得到大家的认可。可以说，《三十而已》选择正面的叙事，但不是简单、单维度地呈现，而是充分考虑到多元的视角和多层级的内涵，还原事件的矛盾性和复杂性，给人们提供多维的思考空间。这正是中国电视剧叙事走向成熟的标志。

匈牙利哲学家阿格妮丝·赫勒认为，人们应该超脱日常生活中实用主义和功利态度的束缚，从以自我为中心的"为我的存在"，转变为人与自然和谐发展的"为我们的存在"。她说："如果我们能把我们的世界建成'为我们的存在'，以便这一世界和我们自身都能持续地得到更新，我们是在过着有意义的生活。"[③]电视剧《三十而已》正是通过三个主要女性人物在职场、情爱生活的历练中自然而然、自主自觉地走向审美化、意义化的生活道路，在职场、婚恋、为人处世上都为现实的女性树立了标杆和正确的价值导向，这是近年来女性题材创作的一个重大突破。剧组主创团队从时代精神中吸取丰厚的精神滋养，并通过扎实的调研、采写和精良的制作，有力度、有深度、有层次地呈现新一代青年女性生活与精神的成长。《三十而已》既来源于时代的社会

---

① 《专访总制片人陈菲:〈三十而已〉离地半尺的人物背后瞄准的是大众共情》，https://www.jiemian.com/article/4785846.html,2020 年 8 月 6 日。

② 《专访总制片人陈菲:〈三十而已〉离地半尺的人物背后瞄准的是大众共情》，https://www.jiemian.com/article/4785846.html,2020 年 8 月 6 日。

③ 阿格妮丝·赫勒:《日常生活》，重庆出版社 1990 年版，第 290 页。

生活激流,又超越于这个时代;既嵌入现实的真切与关怀,又"进入个性化想象力的高空,创造出发源于此生活世界激流又具有精神超越性意义,并且还能够回头给予置身于生活世界激流中的人类群体以积极的精神感召的美的艺术品。"①正如胡亚敏教授所说的:"无论是经典作品,还是大众文化,尽管追求的审美风格不同,面向的对象有差异,但基本的价值取向应该有相通之处,这就是对人的尊重。可以说,对一部作品做价值判断最根本的准绳是考察这部作品是否有利于人的全面发展。在这一点上,不同文化之间并非完全不可通约。"②综上,在女性意识全面崛起的表达、性别平等的叙事、对人的尊重和有利于人的全面发展等方面,《三十而已》呈现出了这类题材所具有的时代高度,堪称女性题材电视剧的一个文艺高峰。剧作作为现实生活中女性主体意识成长和自我观照的凝结,作为大众对现实社会生活审美体验的载体,通过广泛的艺术接受,必然会潜在地影响大众的思想观念与审美心理结构,促进性别平等的正面价值观、审美实践的良性发展与建构!

陆兴忍,武汉纺织大学艺术与设计学院教授。

---

① 王一川:《当代中国能有什么样的文艺高峰?》,《民族艺术研究》2020 年第 2 期。

② 胡亚敏:《马克思恩格斯的社会理想与文学批评价值判断的重建》,《福建论坛(人文社会科学版)》2020 年第 3 期。

网络文学 IP 改编简论

高　翔

21世纪的第一个十年前后,新兴大众文化逐渐突破了相对狭隘的固定受众和社群文化,产生了更为广泛的影响。这首先是因为,大众对文化产品的需求持续升温,不仅电影和电视节目(主要表现在真人秀娱乐节目)出现了爆炸性增长①,其他各类文化形式也得到了有效的扩展:动漫、游戏的发展日臻完善,形成了围绕 B 站(即视频网站"哔哩哔哩",简称"B 站")等平台生成的二次元文化空间。同时,腾讯等大资本的进入和媒介技术的发展,推动了 IP 视野中文化的跨媒介转译,使得小说、游戏、动漫等文化样式的全产业链开发成为一种趋势。在此基础上,文化产业对于文化原著的需求日益提升,而网络文学的 IP 价值日趋凸显出来。

---

①　以电影为例,21世纪以来中国电影票房增长迅猛,2010 年中国电影总票房达到101.7 亿元,2011 年达到 131.1 亿元,成为全球仅次于北美的第二大市场。

一

2010年,网络文学的影视剧改编初露峥嵘。《山楂树之恋》《杜拉拉升职记》皆取材于网络文学,并取得了不错的成绩,初步显露了网络文学的潜能。从其成文过程来看,小说《山楂树之恋》是对真实故事的记录,《杜拉拉升职记》亦是作者李可发表于博客的对自己职场生涯的记录和整理,具有鲜明的纪实色彩。显然,两部作品并不是专业的网络文学作品,其鲜明的现实取向也区分于最具"网感"特质的幻想文学。从这个意义上说,这一时期显然还是网络文学改编的试水时期,两部"非典型"网络小说的成功恰恰说明了网络文学的创造力和多元性,亦表明了网络文学开始逐渐受到影视行业的重视。

如果说2010年网络文学的影视剧改编中规中矩,那么,2011年则是网络文学以其独有的美学气质持续产生影响的一年。改编自同名小说的《步步惊心》以穿越模式,讲述了一个凄美的宫廷爱情故事。此前的国产剧,如《寻秦记》《穿越时空的爱恋》虽然也具有穿越元素,但总体数量不多,而《步步惊心》则代表着以网络穿越小说为素材的新叙事模式的兴起。同年的《倾世皇妃》亦来自同名网络小说,这是一部具有鲜明的"玛丽苏爽文"气质的作品,在此之后,网络"玛丽苏爽文"的改编也蔚然成风。而根据网络军事小说《最后一颗子弹留给我》改编的电视剧《我是特种兵》填补了类似题材的空缺,取得了很好的成绩,显现了网络文学在不同类型上的开拓。在电影方面,改编自同名网络小说的《失恋33天》以小博大,取得了近4亿元的票房,令人印象深刻。《失恋33天》以明快的风格,将沉重的情感创伤转化为轻松的心灵"按摩"，表征了当代青年人情感方式的变化，引发了广泛的共鸣。它的成功，显现了网络文学对于文化风尚和社会心态的传达能力，这显然是网络文学相比于纯文学更具优势的地方。

此后，网络文学的影视剧改编成为常态，并在影视文化中占据了越来越重要的地位。2011 年在卫视上映的《甄嬛传》火爆荧屏，成为不可多得的现象级剧集。它继《步步惊心》之后，开创了大陆"宫斗剧"的热潮；其所体现的以女性斗争能力取代其"白莲花"个性的"黑化"叙事，构成了考察女性伦理嬗变的重要线索。同时，它也表明了网络文学亦可以塑造文化经典，提升了网络文学改编剧的品质。

2013 年的《致我们终将逝去的青春》以哀伤的情调回忆了青春的美好和现实的沉重，塑造了怀旧视野中的"真爱乌托邦"。它不仅呼应了《那些年，我们一起追的女孩》所塑造的美好青春爱情，亦以出色的票房成绩，引发了国内"怀旧青春电影"的持续兴盛。在此，网络文学改编影视剧不但可以取得市场和口碑的双重胜利，而且由于网络文学类型化书写的丰富素材，可以进行持续的开发并形成稳定的文化潮流。以青春怀旧电影为例，此后的多部作品，例如《左耳》《匆匆那年》《夏有乔木，雅望天堂》都出自网络文学，它们构成了怀旧青春文学的核心力量。

自 2014 年开始，IP 概念开始在资本市场受到更多的重视。手游所催生的 IP 概念开始向网络小说和影视剧这样的上下游蔓延；同时，在游戏领域之外，以网络小说或动漫、游戏等时兴文化形式直接向影视剧转换，日益成为一种主流形式。这些文化作品广泛的流传度和"经典化"而来的良好声誉，使得它们在改编为影视剧方面有着得天独厚的优势，从而引发了资本的强烈关注，推动 IP 概念的走热。网络文学理所应当成为重要的参与者：《杉杉来了》（原作《杉杉来吃》）取得了不错的成绩，初步彰显了顾漫言情小说的魅力；而《匆匆那年》《灵魂摆渡》《暗黑者》等网络文学 IP 所改编的网剧的初步兴起，在传统的影视剧之外，形成了 IP 概念得以生长的一片沃土。

　　到了 2015 年，网络小说的改编日趋主流化，甚至开始占据核心地位。这一年有影响力的电视剧大多由网络 IP 改编而来，较有代表性的是《何以笙箫默》《琅琊榜》《盗墓笔记》《花千骨》《无心法师》。网络 IP 剧总体上呈现出鲜明的分化：山东影视传媒集团制作的《琅琊榜》被誉为精品之作，赢得了广泛肯定。而更具代表性的是《盗墓笔记》，虽然拍摄水准不佳，远远无法契合粉丝对于原著的想象，但大 IP 和流量明星的加持却使得本剧上线仅仅 22 小时就点击量破亿，使中国电视剧进入饱受诟病的数据注水时代。《盗墓笔记》所显现的重 IP 开发、轻内容制作的问题，成为网络文学 IP 开发的弊病。总体来看，这些剧目大多数是"怪力乱神"的幻想题材，叙述方式和意义模式上与传统历史故事大相径庭。从这个意义上说，网络文学中鲜明的幻想与"爽"文化观取向，已经通过电视屏幕建构了当代大众文化的全新气质。

二

　　此后，由网络小说而来的 IP 改编成为影视剧最为重要的制作方式。从电视剧视角来看，绝大多数的类型文都得到了资本的关注和开发，但只有其中几个大类取得了较为突出的成果。其中，根据女频小说改编，女性向气质比较明显的作品优势明显,影响巨大。它们主要包括以下几种。

一、宫斗剧。代表作品有《步步惊心》《甄嬛传》《芈月传》《延禧攻略》《如懿传》,这些作品建构了"宫斗剧"的谱系。其中《延禧攻略》虽然不是网络小说改编,但亦是顺应这一文化潮流而制作的。与网文相对应,这一谱系亦可以延伸到《知否知否应是绿肥红瘦》《锦心似玉》等宅斗剧中。宫斗剧和宅斗剧的盛行,体现了当代女性表述模式的变化:女性在生活空间的胜利,已经取代了单纯的感情呈现,成为其自我表征的深刻方式,这是一种女性精神独立的鲜明呈现。不过,由于过度的技术化倾向,这种表达似乎并未达到对于男权社会的充分反思。

二、仙侠古偶剧。这一类型的剧目从内容上看具有神话色彩,从其表现形式上则一般被看作古装偶像剧。代表作有《花千骨》《三生三世十里桃花》《香蜜沉沉烬如霜》《宸汐缘》《琉璃》等,此类作品往往具有庞大的世界观和与之对应的华丽视效,是最受欢迎的类型剧目之一。但如果将其视为《仙剑奇侠传1》《仙剑奇侠传3》《古剑奇谭》等根据游戏IP所制作的仙侠古偶剧的后来者的话,它们在精神内涵上以言情为主,对于侠义精神的展现较为匮乏。

整体上看,女频小说改编剧体量巨大,样态繁杂,难以一一列举归类。但是,"大女主剧"作为一种塑造女性主体性的文化想象,显然构成了一种颇为宽泛的归纳机制,并成为2010年以来女频小说IP改编最为核心的线索。几乎所有的宫斗剧、宅斗剧,以及绝大部分仙侠古偶剧都可以纳入其中。此外,女频历史(穿越)小说,抑或具有架空性质的历史题材小说改编剧,如《陆贞传奇》《楚乔传》《锦绣未央》《天盛长歌》《大唐荣耀》《那年花开月正圆》等,都是典型的大女主剧。在此,大女主剧不仅表征了以女性成长为主体视角的叙事方法，更表达了建构女性主体性的鲜明渴求。

而即使被诟病为"玛丽苏"剧的作品，在其女性向叙事视角和人物塑造的维度上，也可以被视为具有大女主剧的特质，这类作品的代表有《倾世皇妃》《花千骨》《何以笙箫默》《独步天下》等，其叙事核心在于表现女主的无限魅力以及男性角色对于女主的"狂恋"。大女主剧的概念亦可以延展到现代剧当中，比之于古装剧过度追求女性故事传奇性呈现，更具现实指向的现代大女主剧对于女性伦理有着较为出色的探讨，其由网络小说改编而来的代表作品有《欢乐颂》《都挺好》等。值得一提的是，从女频文的广泛书写出发，大女主剧亦可以延伸到特定类型中来。例如，网络女频武侠文的改编，使得被认为是传统男性向文化领域的武侠剧，出现了显著的大女主气质。近年来的《魔者无疆》《少年游之一寸相思》《有翡》可以纳入这一序列之中。

大女主剧之外，甜宠剧构成了毫不逊色的另一重要类型。此类作品形式繁杂，但具有在主题和内核上表达"纯爱"的一致性。根据八月长安作品改编的《你好，旧时光》《暗恋·橘生淮南》《最好的我们》，以校园生活为题材，书写了单纯美好的青春记忆。根据顾漫作品改编的《杉杉来了》《何以笙箫默》《微微一笑很倾城》等取得了很大的成功，其魅力在于极致浪漫的恋爱，但也因为较为明显的"玛丽苏"气质和"霸道总裁"想象而受到诟病。甜宠剧题材包纳古今，数量庞大，是最广泛的网络小说 IP剧类型，比较有代表性的是和电竞元素结合的《亲爱的，热爱的》，锦衣卫探案题材的古装剧《锦衣之下》，校园题材、深具"小确幸"风格的《致我们单纯的小美好》。而《双世宠妃》《花间提壶方大厨》《颤抖吧，阿部》等作品，则更以"奇葩"的想象力，体现了甜宠剧在题材上的天马行空和不拘一格。当然,无论故事如何变化,甜宠剧都体现了较为一致的叙事模式:情节相对平缓,故事相对单线化;在以爱情为核心的表述中,弱化主人公可能面临的困境,而以不断"撒糖"的模式给予观众情感抚慰。在这里,观众对于"糖分"和"甜度"的渴求成为一种广泛的情动机制,这显然表明了以文化想象弥合现实的当代女性"情感结构"。

<h2 style="text-align:center">三</h2>

与女频文影视改编相比,男频文则略显逊色。最主要的原因是,作为男频文最重要文类的玄幻修仙文、历史穿越文在影视改编中表现不佳,导致"大男主剧"模式无法取得市场的广泛认可。其中,出自经典玄幻小说的《武动乾坤》《斗破苍穹》《莽荒纪》等剧集皆表现平平,《斗破苍穹》更是引发了原著粉丝的激烈抨击。而由历史穿越文改编的《回到明朝当王爷》《唐砖》同样乏善可陈,在原作和影视剧之间显现出巨大的影响力差距。此外,像"九州"系列这样颇具古典文化气息的奇幻故事,由于叙事过分拖沓,也未能取得良好的市场反馈。总体来说,玄幻修仙小说不仅要面临原作本身相对快餐化叙事模式的考验,更面临着塑造宏大世界观的技术难题;而历史穿越文的场景和规模同样宏大,并且面临着较为严格的政策和性别伦理的限制,这些都构成了男频文改编的不利条件。

不过,这一现象在最近两年得到了好转。《长安十二时辰》自出机杼,参考美剧模式书写了一个时空超级凝练的叙事结构,从而克服了男频小说时间线和世界观过于宏阔的难题,取得了很好的改编效果。而猫腻的两部作品《将夜》《庆余年》,尤其是后者,堪称近年来最为成功的男频文改编,显然说明了"文青气质"的意义加成对于故事的重要性。月关的《夜天子》,将故事融汇在明王朝西南地区的土司制历史之中,同样表明了压缩时空对于网络改编的重要性。值得一提的是,《赘婿》以对原著大刀阔斧的改编来摆脱男频穿越文固有的改编困境。尽管对于故事的喜剧化追求,使得电视剧的前半部分取得了成功;然而,在后半部分更为广阔的朝堂和历史戏中,试图保留原作框架而又去除其男频文特质的改编显得散乱不堪,从而使故事走向崩坏。显然,男频文的改编在以女性为主要受众的文化氛围中,还需要继续进行调整和尝试。总体来说,男频文改编在转向更为灵活、更加多元的取材方向。有趣的是,近年来难以以真人题材进行表现的男频玄幻小说,开始更多聚焦于动漫的改编。《斗破苍穹》《斗罗大陆》《凡人修仙传》都有相应动漫作品问世,动漫作品不仅可以从技术上建构更为宏大和绚烂的世界观,从而更为契合原著作品;而且其更新方式也可以缓解男频小说巨大篇幅所带来的压力。整体来看,这些作品普遍取得了比真人影视剧更加出色的评价。尤其是《斗罗大陆》,从市场效应来看,堪称近年来国产动漫的扛鼎之作。

除此以外,更具男频文特质的悬疑犯罪小说奇峰突起,构成了网络小说改编的重要类型。2016年的《余罪》《法医秦明》叙事手法相对写实,初步彰显了此类题材的魅力。此后的《心理罪》《十宗罪》《无证之罪》《灭罪师》在案件和人物的塑造中更加追求诡谲难测的效果,延续了此类题材的活力。这些作品侧重于悬疑感的设定和破案的技术过程,而根据紫金陈同名小说改编的两部作品《隐秘的角落》《沉默的真相》则不仅有着诡谲的情节,同时更加突出了对于人性和社会阴暗面的深沉拷问,显现了更为深邃的人文意涵，将悬疑题材推向了高峰。此外，《如果蜗牛有爱情》《他来了，请闭眼》融言情描写于悬疑探案之中，彰显了悬疑题材的多样性和丰富面向。

盗墓小说作为一个独特的门类，在相关IP影视化过程中也很突出。只不过，时至今日，盗墓小说依然只有《鬼吹灯》和《盗墓笔记》作为扛鼎之作。两部作品都经过了较为充分的IP开发，但整体来说，除却电视剧《鬼吹灯之精绝古城》、电影《寻龙诀》等寥寥几部作品，盗墓IP的开发水准不尽如人意。在两部作品以及相关的衍生作品的改编（如《老九门》《鬼吹灯之牧野诡事》）之外，盗墓文缺乏新鲜血液的注入，陷入了略显尴尬的不断"重启"的状态之中。

伴随着主流文艺界对于现实主义的提倡，网络现实主义题材也得到了更多的重视和开发。最具代表性的就是阿耐，她的《欢乐颂》《都挺好》直击当代女性的生存困境，引发了强烈的反响。根据其作品《大江东去》改编的《大江大河》，更是近年来宏大叙事不可多得的优秀作品。除此之外，《我是余欢水》亦从底层人物的视角出发，表现了都市小人物的艰辛。值得一提的是，以上这些作品全部都由正午阳光制作。这反映了对网络现实主义素材的挖掘在当下还处在非常小众的阶段，需要得到进一步的重视和提升。

总体来看，网络IP转换历经短短十年时间，已经成为当代影视剧乃至大众文化的核心力量。从审美上来看，承接网络文学的"虚拟现实"气质，网络小说影视剧改编普遍显现出"超现实"气质。这带来了幻想文化的空前兴盛，亦造成了过度"怪力乱神"的文化环境。从性别来看，女性向文化承接女频小说，占据了较为突出的地位。这是当代文化结构的体现,亦是从宏大叙事走向日常生活的当代文化精神的呈现。而从生产方式来看,资本的主导性力量既成为将网络文学由白日梦想变为影像现实的神奇力量,亦造成了流量化、饭圈化、模式化等内在弊病。以上这些,造成了网络 IP 开发缺乏现实表征、性别视角上丧失平衡以及整体开发水准不高等问题,需要在以后的发展当中得到进一步调整和改进。

高翔,西北大学文学院讲师。

穿越剧的复归传统与创新

——以网络剧《传闻中的陈芊芊》为例

张宜先

2020 年 5 月古装轻喜剧《传闻中的陈芊芊》在腾讯视频播出，受到广大观众的热捧和好评，成为"爆款"穿越题材网络剧，并获得"2020 腾讯视频星光大赏海外最受欢迎内容"。除却古装甜宠剧惯有的高颜值演员因素，该剧的成功很大程度上归功于颇具喜感的情景设置和语言表达、别具一格的叙事方式以及留有悬念的剧情走向。其在戏仿古典文学的同时，巧妙地融合当下现实焦点，为穿越题材提供了新的发展思路。

一、现状：穿越剧现象和多样化趋势

穿越题材是近年来中国影视和网络文学特有的文化现象，以时空置换为核心特点，主要讲述具有现代文明思维的主人公，穿越到了另外一个熟悉或陌生的时空，经历跌宕起伏的人生。不同于西方影视作品探知未来时空的倾向，中国穿越题材影视剧主要表现为穿越到过去时空，其中占据大半江山的是古装类。

这首先与源远流长的中国历史和传统文化、民族的集体寻根意识紧密相连。荣格认为，集体潜意识对个体的心理产生了深刻的影响，并将其概括为"历史在种族记忆中的投影"①。因此，穿越题材影视对历史文化的关注和时空置换的理想化，可以理解为两千多年来儒释道在个人情结和族系文化中的积淀。

中国穿越题材影视作品（主要指历史穿越类）在主题上涵盖了类似古希腊英雄史诗《奥德赛》的返乡母题，即穿越到不属于自己时空的主人公费尽心思想要返回现实，却面临各种艰难险阻。然而，传统的返乡主题在新旧文化的交流和碰撞、精神洗涤以及情感冲击中被弱化，让位于主人公过于理想化的自性实现，强调一种"超凡人格"——英雄、先知、拯救者等。② 荣格将自性视为最为重要的集体原型，"自性不仅是整个意识和潜意识的核心，更是全体的核心"③。这也就从普遍心理层面阐释了穿越题材的"爽文""爽剧"广受大众喜爱的原因。

围绕返乡这一主题，穿越题材影视作品的情节也呈现出程式化特点，具体概括为：意外穿越＋与权贵建立联系＋令世人惊叹＋收获爱情＋遭人嫉恨＋力挽狂澜＋洁身自好＋回到现实。"穿越"这一行为本身的传奇色彩，对过去或者未来的主人公的视角再现，以及穿越历程中主人公个人价值和社会价值的实现，使该题材作品糅合了魔幻色彩、现实主义风格和理想主义。从叙事学角度来看，作者和编剧对穿越主人公"跌宕起伏"的人生

---

① 弗尔达姆.《荣格心理学导论》，辽宁人民出版社 1988 年版，第 2—3 页。

② 孟秋丽：《人类心灵的深层探索——潜意识理论的生成及其发展研究》，吉林大学博士论文，2007 年。

③ 施春华：《心灵本体的探索：神秘的原型》，黑龙江人民出版社 2002 年版，第 26 页。

的呈现,遵循了法国学者热奈特定义的三个视角,依次为外聚焦、零聚焦和内聚焦。[①] 主人公由最初被动接受信息,到由于熟知历史,与其他人物相比掌握更多信息,洞悉周围事件的发展和走向,最后因错估因果关系,成为真正的局中人。

中国穿越题材影视最初聚焦在历史类穿越,即主人公意外地从现代都市穿越到了"真实"的中国古代,代表作品有《寻秦记》《穿越时空的爱恋》《神话》《步步惊心》。主人公大多穿越到繁华盛世与政权更迭的临界点,如战国末年到秦王朝统一天下,明朝的靖难之变,康熙年间的九子夺嫡。以宫殿、帝都、马场、诗会等为主导符号的繁华盛世,既满足了观众对个人乌托邦的想象,借古喻今,勾画出当代人普遍的物质和精神追求,又为主人公跨越世俗价值观的爱情提供了具象的美感和可信度。与此同时,政权更迭为主人公跌宕起伏的命运埋下伏笔。作者和编剧通过个人视角再现特殊历史事件,并以此为依托搭建故事情节所需要的普遍冲突,如爱情与事业、友谊与大义、个人与集体等。主人公看似渺小的个人命运得以同波澜壮阔的历史相联系,甚至成为历史拐点的关键人物。动荡不安的政权更迭还意味着较多历史留白和未定点,使得该类型穿越剧在"努力"尊重历史的前提下获得更多发挥余地。值得注意的是,传统历史穿越题材作品对历史的戏说和再现,不失为后现代主义视角下对海登·怀特的新历史主义的解读案例。[②]

---

① 程锡麟:《叙事理论概述》,《外语研究》2002 年第 3 期。

② 海登·怀特认为人不可能去找到"历史",因为那是业已逝去不可重现和复原的,只能找到关于历史的叙述,或仅仅找到被阐释和编织过的"历史"。人们只选择自己认同的被阐释过的"历史"。见顾学文:《发生在北纬四十度的民族竞争与融合》,《解放日报》2021 年 10 月 30 日。

较之相对传统的历史穿越影视作品,架空类穿越作品在数量和类型上取得了更为瞩目的成绩,并呈现出显而易见的快速发展趋势。架空类穿越作品多以网络平台为载体,其人物设定和叙事逻辑在很大程度上承袭了传统历史类穿越电视剧的程式化特点。该类剧的主人公穿越到不曾载入史册的时空,其朝代、风俗和文化等多延续中国古代普遍特点,如封建王朝、男尊女卑、重文轻商等。在无须考证历史细节的虚拟背景下,架空类穿越作品各有专攻,争奇斗艳。跨性别穿越剧《太子妃升职记》融合多种流行的亚文化元素,意图解构正史,呈现后现代主义美学特点(对卓别林默片、舞蹈《千手观音》、手机游戏《切水果》等的戏仿和拼贴),以世俗化消解高雅化,将古代宫廷打造为现代职场。跨物种穿越剧《我在大理寺当宠物》在贴合女性观众对甜宠爱情的幻想的同时,融入带有魔幻色彩的阴阳术和紧张的侦探情节。《双世宠妃》在甜宠的基调下,呈现出片段式穿越带来的喜剧效果和冲突对比。《绝世千金》着重强调穿越的游戏性,女主人公作为玩家,拥有重新开局的特殊权利。由网络小说改编的同名网络剧《庆余年》既成功营造出"爽感",又保留作者猫腻自诩的"文青病"意味和"人文性"追求。① 其古代与未来的界限被模糊,展现出宏大的叙事格局和现实主义情怀。总体来看,不同于近年来古装题材电视剧呈现出的细节考究趋势,即力图从人物言谈举止到场景、服装,呈现《清明上河图》般的写实感和艺术唯美性,如《如懿传》《知否知否应是绿肥红瘦》《清平乐》,投资成本相对较低的网络剧另辟蹊径,其网络形容用语"沙雕""恋爱

---

① 猫腻、邵燕君:《以"爽文"写"情怀"——专访著名网络文学作家猫腻》,《南方文坛》2015 年第 5 期。

脑""山寨""喜感"等原有的贬义内涵被弱化,成为观众津津乐道的标志性特点。《传闻中的陈芊芊》便以谐谑逗趣的模式消解传统言情叙事,成为2020年"现象级"穿越题材网络剧。

二、追溯:植根传统文学

影视文化与文本紧密联系。将影视文化作为文本解读的跨学科研究方法,为揭示深刻内涵和丰富艺术手法提供了更为开阔的视野。法国符号学家朱丽娅·克里斯特娃认为,文本是一种生产力。文本除却自身指涉意义,还具备与其他文本以及文化产品的互涉意义。后结构主义批评学者罗兰·巴特则进一步表示,任何文本都具有互文性,在一个文本中,不同程度并以各种能辨认的形式存在着其他文本。《传闻中的陈芊芊》就是建立在内涵丰富的互文文本上,其令人忍俊不禁的故事情节深深地植根于古典文学作品中。

与《镜花缘》的互文性。《传闻中的陈芊芊》的故事情节主要建构在"女尊男卑"的花垣城和男尊女卑的玄虎城的对立冲突上。两座价值观呈现二元对立特点的"古希腊式城邦",成为男女主人公"游历"古代的重要文化场景。背景化的伦理道德冲突,一方面凸显男女主人公恋情的戏剧效果,另一方面映射两性在中国古代乃至现代的地位,呈现对绝对男权和绝对女权的强烈讽刺和黑色幽默。花垣城完全解构和颠覆中国古代父系社会所尊崇的"三纲五常"和《女诫》,具体表现为男性成为女性的附属品,需守男德,点守宫砂,以纱遮面,视婚姻为理想出路,求繁衍女子为延续香火;不可习武,不可登堂议政,以无才为德,以色侍妻。这种简单粗暴的男权社会反向复制方式 ①与清代文人李汝珍长篇小说《镜花缘》产生部分艺术手法和价值观念上的共鸣。

李汝珍在《镜花缘》的第三十二至三十八回中塑造了以女性为中心的"女儿国"："男子反穿衣裙,作为妇人,以治内事;女子反穿靴帽,作为男人,以治外事。"②作者描绘天朝男子林之洋在女儿国的遭遇所用的笔墨,与《传闻中的陈芊芊》对韩烁入赘花垣城的呈现有异曲同工之妙。相比之下,承载宏大叙事和深刻议题的古典文学《镜花缘》,将男女倒置后的细节,借助更加现实和血腥的描绘,直面同时期受封建社会倾轧的男女读者："林之洋两只'金莲'被众宫人今日也缠,明日也缠,并用药水熏洗,未及半月,已将脚面弯曲折作两段,十指俱已腐烂,日日鲜血淋漓。"③而以甜宠喜剧风格吸引女性观众的《传闻中的陈芊芊》则通过插科打诨消解了现实的残酷性和冲突感,男主角受绝对女权压迫的高潮也仅表现为爱女心切的城主为试探男主角心意,逼其戴上铜环,烙上徽印。如果说李汝珍在《镜花缘》中表达的两性平等和理想社会,尚因作者自身处于封建王朝而存在狭隘性和幻想性,那么《传闻中的陈芊芊》以甜美诙谐的爱情和穿越女主角的现代文明观念,轻易推翻绝对主义的男权和女权体系,则暴露了网络剧向来为人诟病的单薄叙事和肤浅内涵。但从另一角度而言,以轻松幽默的叙述揭示部分现实问题,并续以童话般的结尾,不失为穿越题材网络剧的新诗学。

---

① 车雅倩:《浅析后现代语境下甜宠剧热播的原因:以〈传闻中的陈芊芊〉为例》,《声屏世界》2020 年第 9 期下。

② 李汝珍:《镜花缘》,上海古籍出版社 2004 年版,第 145 页。

③ 李汝珍:《镜花缘》,上海古籍出版社 2004 年版,第 152 页。

对反乌托邦文学叙事的观照。传统的反乌托邦文学叙事表现为以理性、冷漠的视角看待、质疑乌托邦的可落实性，关注个体及边缘性群体的发展需求。在花垣城女性视角里，"女尊男卑"的价值体系和社会制度是乌托邦式的。类似的自我认同也体现在玄虎城的男性视角里。而作为局外人甚至异邦人——穿越而来的女主角陈芊芊，却能理性地指出这种乌托邦外表下的残酷和反人文主义。花垣城的女性视角和玄虎城的男性视角实际映射着福柯所揭露的话语权背后的暴力和强制性结构等级。所谓的真理意志和话语权一样得到了制度的支持。[①] 然而，不同于传统反乌托邦文学的压抑、悲怆基调和哲学意味，女主角的穿越身份以及"自带金手指"的设定，使得该剧向娱乐、"爽剧"靠拢。

对《三国演义》经典文段"七擒孟获"的戏仿。戏仿是互文的间接表现手法之一，主要指对以往文学著作中的题材、内容、形式进行夸张的扭曲变形，使其变得荒唐可笑，耐人寻味。[②] 后现代主义语境下的戏仿，则更具体地表现在通俗文艺对高雅文艺的解构式模仿。"七擒孟过"是剧中促使男女主角感情升温的重要情节，相似情节和谐音不难引发观众对经典名著《三国演义》中诸葛亮七擒孟获的联想。《传闻中的陈芊芊》呈现给观众的"七擒孟过"正是在传统文学基础上引发的新语境，是对原来意义的陌生化解读。观众在效仿诸葛亮七擒匪首的陈芊芊身上，看到的不是神机妙算与坐怀不乱，而是坐享其成、惊慌失措和毫

① 张一兵：《从构序到祛序：话语中暴力结构的解构：福柯〈话语的秩序〉解读》，《江海学刊》2015 年第 4 期。

② 袁洪庚、范跃芬：《论 D. M. 托马斯的后现代主义叙事策略》，《当代外国文学》2005 年第 4 期。

无章法。这种幽默和讽刺意义的多维阐释，既增加了剧情本身的意义空间，又充分地塑造出当下年轻观众追捧的穿越主角"废柴"的特性。

对"戏中戏"（以《哈姆雷特》为例）的戏仿。"戏中戏"是文学中常用的叙事手法，主要指一部戏剧之中存在着其他相对独立于正剧情节的戏剧或戏剧片段，即故事里的故事。正戏与戏中戏形成一种艺术张力和对话结构。其中，借用指的是正戏与戏中戏在主题和情节上都类似，两者相互映衬、虚实相生，形成一种对比关系。这一类型最典型的作品就是《哈姆雷特》。① 莎士比亚通过建构戏班表演，真实再现弑君情景，巧妙地捕捉到既是观众又是参与者的主要人物的心理活动，将戏剧推向高潮。而在《传闻中的陈芊芊》中，戏中戏则出现在男主角与男配角在酒楼斗嘴的滑稽场景。戏台上演员的唱词恰到好处地道出双方内心的心理活动，将君子间本该佯装文雅的对话，通过男戏子不加修饰的争风吃醋真实地表现出来，绝妙的卡点令观众忍俊不禁。

三、创新：破除刻板印象

作为穿越题材影视，《传闻中的陈芊芊》颠覆了历史的宏大叙事和传统的精英文化，凸显了女性的主体意识，并在很大程度上表现为巴赫金狂欢式的戏说历史。② 其叙事风格明显向后现

① 刘丽丽：《艺术对话空间的多维解读：论戏中戏艺术手法的运用技巧》，《中国戏剧》2020 年第 2 期。

② 徐晓芳：《后现代语境下的穿越剧》，《电影文学》2012 年第 11 期。

代主义靠拢,具备"一种无中心的多元化的价值取向"^①,呈现出不确定性和解构性。该剧弱化了以往穿越剧中古代与现代社会的程式化区别,以穿越到剧本中为切入点,展现出对现实的夸张变形。对绝对女权的花垣城和绝对男权的玄虎城的背景设定,是对历史乃至当下性别平等问题的放大镜式聚焦。

从角色设定和情节建构来看,该剧也颠覆了一般穿越题材和甜宠题材的程式化。女主角陈芊芊穿越后的形象不是世俗意义上的"好人",而是恶贯满盈的"坏人"。其形象也不再贴合类似弗洛伊德对男性和女性心理的绝对定义,即"在年轻女性身上,爱欲几乎占有独一无二的地位,因为她们的抱负通常都被他们的爱欲所吞并。在年轻男性身上,以自我为中心的、雄心勃勃的抱负和爱欲同样明显"^②。相反,女主角陈芊芊忙于"事业",致力撮合男主角和女配角,而男主角的事业则为爱情让路。程式化的冲突和悲剧也被诙谐、解构的后现代主义叙述消解。如陈芊芊跟随男主角逃至玄虎城——花垣城道德伦理体系的对立面,却没有上演强烈矛盾和苦情戏份。不仅如此,欢乐、跳脱的剧情得以延续,并充分体现在男主角父亲(玄虎城城主)的形象反差上:其作为男尊女卑体制的权威捍卫者,实则畏妻。

在网络媒介迅速发展,大众文化意识不断提高的时代,在《传闻中的陈芊芊》中涌现出大量的网络用语和大众文化。如花垣城朝堂上陈芊芊用"我还是个宝宝呢"来缓解因为价值观引发的冲突;对俗语"强扭的瓜不甜"的陌生化运用,"甜不甜咬一口

---

① 柳东林:《西方文学的非理性特点及禅意研究》,吉林大学博士论文,2010年。

② 《弗洛伊德:作家与白日梦》, https://www. sohu. com/a/256807026_237819,2018 年 9 月 28 日。

就知道了";对封建习俗的现代式调侃,"你家守宫砂日抛的呀"等。除此之外,男女主角的随从以喜剧的形式巧妙扮演着网络时代的观众,呈现出"活体弹幕""吃瓜群众""狗腿""猪队友"等诙谐特点。值得一提的是,正是这种轻松、幽默的表达方式和情节走向,使得《传闻中的陈芊芊》在疫情形势严峻的全球范围成为海外华人疏解压力、放松心情的居家网络剧首选,收获了海外视频播放平台 YouTube 超高点击量,并获得"2020 腾讯视频星光大赏海外最受欢迎内容"。

2020 年穿越题材网络剧《传闻中的陈芊芊》的成功,是对集体英雄情怀和现实焦点的双向结合,是对古典文学和网络文化的双重探讨。其作为网络文化产品和文学文本所采用的营销手段、艺术手法、叙事逻辑和价值体系,值得未来影视作品借鉴和探讨。

张宜先,圣彼得堡国立大学博士研究生。

IP 剧改编应以文本为重

——以 Priest 作品为例

骨 楂

IP，即 intellectual property 的缩写，中文译为知识产权。应用在网络文学领域，即指拥有一定受众基础、可跨媒介平台进行不同形式开发的优质内容版权。[①] IP 剧即指从网络文学 IP 改编而来的连续剧，以播放媒介划分，包含电视剧和网络剧。

经过国内互联网近 20 年的发展，网络文学已经成为中国数字文化产业的一支重要生力军。中国音像与数字出版协会《2019 中国网络文学发展报告》显示，截至 2019 年年底，国内网络文学作者共有 1936 万人，作品累计规模达 2590 万部。而据中国互联网信息中心发布的第 46 次《中国互联网络发展状况统计报告》，截至 2020 年 6 月，网络文学用户已达 4.67 亿人，约占中国互联网总用户数量的一半[②]。

[①] 邢慧玲、周鸿、赵晓营：《网文 IP 电视剧改编的去泡沫化发展》，《新闻传播》2020 年第 10 期。

[②] 《2019－2020 年度网络文学 IP 影视剧改编潜力评估报告》，http://unn. people. com. cn/gb/n1/2021/0129/c420625-32016929. html，2021 年 1 月 29 日。

2015 年被称为 IP 元年,文娱行业提出"全产业链开发",导致版权争夺引发的 IP 改编热潮一年年延续至今。而通过互联网"大浪淘沙"式筛选出的优质 IP,更是已经通过市场的考验,不仅内容上与影视剧"娱乐休闲"功能重叠,传播上更有原 IP 自带的一批忠实读者,属于令影视投资者放心的网络文学 IP。

《2019－2020 年度网络文学 IP 影视剧改编潜力评估报告》显示,在 2018 年和 2019 年的热播剧中,改编自网络文学 IP 的剧占比为 21％,而在热度最高的前 100 名中,改编自网络文学的影视剧占比高达 42％,足以说明该商业逻辑确实经得起市场验证。

优秀作者笔下的 IP 更是能引起多方影视公司争抢,譬如作者 Priest 在 2016 年全年的版权签约总金额便已超过两千万元,单《默读》的影视签约就有近千万元[1],《烈火浇愁》更是在连载未开阶段便有多家竞价。

网络作家 Priest 是晋江文学城的千亿级积分作者,位于晋江作者积分榜第一位。她的专栏收藏有 94.6 万余次,2016—2019 年,均在晋江文学城年度 IP 盘点榜上留名,更是 2020 年中国网络文学女作家影响力榜第 5 名[2],可说身处网络作家 IP 改编的第一梯队。

在她的专栏中,状态为开放的长篇原创作品共 27 篇,标注已卖出影视版权的作品共计 14 部,已是不菲的成绩。

2016－2018 年的 IP 剧尽管在热度上家喻户晓,但口碑却不

---

① 晋江文学城:《2016 年度 IP 改编最具价值作者》,http://www.jjwxc.net/sp/jjndip_2016/index.html,2016 年 1 月 1 日。

② 中国作家网:《"网络文学作家影响力榜单"发布:新生代崛起,中生代稳固》,http://www.chinawriter.com.cn/n1/2021/0113/c404023-31998646.html,2021 年 1 月 13 日。

尽如人意。

口碑的劣势主要分为三个方向：IP 自身的版权问题、剧作改编中存在的过度改编问题以及制片方企图以流量明星掩盖自身粗制滥造的问题。

制片方在不对网络 IP 加以甄别的情况下，或许会买到原创性有争议的 IP 作品并改编发行，譬如《楚乔传》《三生三世十里桃花》《锦绣未央》《少年的你》等作品，作品播出之后深陷原著抄袭的舆论风波。这对影视行业和 IP 产业的发展都有负面影响。

流量明星加大 IP 改编的搭配还存在过度改编和粗制滥造的问题。如"中国超级 IP-TOP100 排行榜"①排名第 4 位的《斗破苍穹》，由其改编的电视剧豆瓣评分仅有 4.4 分。同在榜上的《择天记》，豆瓣评分也仅有 4.2 分。

类似剧目多是由于明星的片酬占据了制作经费的大头，导致后期粗制滥造。流量明星带来的粉丝经济，更是使得"剧情为故事服务"变为"剧情为主角服务"，因而引发原作读者的不满。

而 IP 剧改编面临的口碑劣势问题，即使在自身文本内容过硬的 Priest 身上，依然没能打破魔咒。

目前根据 Priest 小说作品改编且已播出的影视作品有《镇魂》《有翡》《山河令》三部网络剧。本文将以这三部作品为例，分析 Priest 的原作与影视改编作品的异同，希望能对网络文学 IP 影视改编起到一定的借鉴意义。

---

① 中国超级 IP-TOP100 排行榜是由清华大学《传媒蓝皮书》课题组编撰的《2016 年中 IP 产业报告》推出的，报告发布于 2016 年 9 月 13 日。

一、《镇魂》的成功与失败

小说《镇魂》2012年11月开始连载,2013年4月完结,有106章,共计44万字,被收藏73.6万余次,评论有13.4万余条,晋江读者评分为9.9分。小说讲述了善于把握人际关系的特别调查处处长赵云澜与外冷内热的斩魂使沈巍,共同守护世间一方安宁的故事。

剧版《镇魂》共40集,于2018年6月13日在优酷视频独家播放,掀起了2018年暑假的"镇魂女孩"热潮。截至2018年9月30日,微博话题"剧版镇魂"的阅读量达到了141亿,讨论量达2365.7万。豆瓣评分在2018年7月开分时,曾一度达到7分,随着剧情后续发展波动至6.4分。

小说《镇魂》在由《传媒蓝皮书》课题组编撰的《2016中国IP产业报告》中,排在"中国超级IP-TOP100影响力榜单"中第60名。报告发布于2016年9月13日,而剧版《镇魂》2017年3月23日发布"双男主"演员资讯,4月15日便筹拍开机,不难想象正是借了小说IP正当红的东风。

然而,剧版《镇魂》的问题有很多,特效简陋、剧情尴尬,就连场景设置都能令观众感到剧组资金上的捉襟见肘,可以说制作并不精良,豆瓣成绩一路下降也并非偶然。《镇魂》一剧爆红的原因就在于,它选对了两位主角,成功搭建了原作中两位主角相伴相惜的关系。[1]

Priest的小说更注重剧情线,感情线皆不突出。《镇魂》的故

---

① 施子婷:《网络自制剧〈镇魂〉爆红原因分析》,《视听》2018年第12期。

事主线在赵云澜和沈巍对四圣器的追查,以及赵云澜对上古创世谜团和前世今生的解谜,而赵云澜和沈巍的关系在其中仅仅起到串联作用。虽属画龙点睛之笔,但他们的情谊作为小说的亮点,更易为观众接受。

但《镇魂》的剧情线改编效果不佳。四圣器的追查过程符合电视剧的单元剧模式,故事架构无须按照影视语言大改,理论上并不难改编。剧方将灵异改换为奇幻,故事中的地府与鬼神相关内容改为地星人与海星人,原本是可以理解的。可惜剧方并非为了保留原作剧情而对人物背景设定进行改编。编剧在主线剧情上的删改添增,反而使得更多观众质疑原创剧情。而与原著的圆满结局背道而驰的悲剧性结尾更是引发原著读者与该剧观众的不满,导致观众一面赞扬着剧中两位主角的扮演者,一面对编剧破口大骂。

可以说,《镇魂》的故事线与人物关系,剧版《镇魂》只做到了保留其一。然而,在仅留存人物关系的前提下,剧版《镇魂》依旧做到了霸屏整个 2018 年的夏天,令人不禁好奇:若是剧版改编忠于原作,又会是怎样一番景象?

二、《有翡》口碑的两极化

《有翡》改编自 Priest 的古代武侠言情小说《有匪》。《有匪》小说连载于 2015 年 11 月,2016 年 5 月完结。全文共计 69.83 万字,包括番外在内共 171 章,收藏为 38 万余次,评论有 8.62 万余条,读者评分为 9.9 分。故事讲述了出自四十八寨的周翡结识前朝皇室遗孤谢允,与其他伙伴共同在动荡中揭开谜底、携手平定江湖风波的古代武侠言情故事。

《有翡》共51集，2020年12月15日在湖北影视频道开播，2020年12月16日在腾讯视频独家播出，播出上属于网台同播，可见制片方野心勃勃。

　　然而《有翡》从制作到播出，始终争议不断。《有翡》的豆瓣评分低至5.6分，更是忠实地体现了绝大多数观众对本剧的态度：不满意。

　　与《镇魂》和《山河令》相比，《有翡》的改编难度应该是最小的。小说故事背景架空朝代，题材是言情，观众群广泛。原作的故事性保证了作品的可看度，本应是最容易出成绩的改编作品，只可惜制片方找错了改编方向。

　　更改的剧名最初引起小范围读者的不满，再加上在拍摄期间主演赵丽颖发布汉堡图，暗示影片内容与原著不符后，小说读者便纷纷不再看好。

　　两位主演的选角也令人忧心。尽管赵丽颖出演过多部大女主戏，王一博又是近年来热度逐年攀升的流量小生，但言情故事到底需要两位主人公之间的"化学反应"。而赵丽颖与王一博的组合搭配，与其说是违背了书中两个人物的角色设定，不如说是彻底的南辕北辙，造成的颠覆性效果，令小说的忠实读者难以入戏。

　　可以说，《有翡》的制片方完全找错了改编方向，仅仅是按"IP元年"时期的粗糙观点，以为"大IP"＋"流量明星"＝"财富密码"，彻底忽略了原作本身的魅力所在，而将武侠言情当成了镶边武侠的甜宠剧加以改编，导致无论主角、配角全部都在谈恋爱，继而引发观众和原作读者的不满。

　　原作不论是剧情线还是感情线，不论是主角还是配角，所作所为皆离不开侠义一词。原作中的侠之大义贯穿始终。即便是主角之间,为国为民的情怀也远远大于两人之间的情愫。

周翡与谢允相识于周翡的少年时代,谢允第一次来,便为天下人带走了她的父亲,拆散了看似和平喜乐的家。第二次相遇,便是周翡下山执行任务,见识到了世间险恶。他们之间的情感是通过一次次生死相依的积累,点点汇聚而成的。

本该是默然且含蓄的感情在片方毫不理解的改编下,成了一次次摆在明面上的刻意调情。虽然可以满足两位主演的粉丝及甜宠剧观众的观影需求,却无形中将原著读者及更广大的普通观众排斥于门外。

故事的剧情改编更是令原著读者不满。

贯穿始终、引发江湖动荡的"海天一色",原本只是一份被时光掩埋的盟约,代表的是各方势力角逐以及对太平盛世的一份美好愿望。但在片方改编后,"海天一色"便真正成了俗不可耐的宝藏,其中蕴含的侠肝义胆,守护天下的那一份赤诚热情,便统统化为权势荣耀的垫脚石。于是便造成了两位主演的粉丝夸赞演员演技好、剧情还原原著,而普通观众和原著读者纷纷破口大骂的口碑两极化情况。

从本剧的两极化口碑也完全可以看出,所谓的流量经济并不能为作品本身带来点石成金的光环。哔哩哔哩视频网站上对于《有翡》的大量吐槽视频,以及大量网友对吐槽视频的热捧,便体现了普通观众对粗制滥造的剧作的反感。而镶边武侠的改编方式更是令网上增加大量对《有翡》片中不合理的武打动作设计及慢镜头的吐槽,恨不得当即将《有翡》的分类从古装武侠剧改为古装偶像剧。

由此可见,如果剧方不能认识到 IP 作品本身的吸引力究竟在哪里,那么不论热度多高的原作,到了剧作改编这一步,终究会被流水化的粗劣改编毁去所有魅力,甚至为自己带来反噬性的负面影响。

三、《山河令》出人意表的关注度

在《镇魂》和《陈情令》大火的背景下,各大影视公司及平台纷纷投资此类改编作品。《山河令》作为 2021 年播出的第一部耽改作品,收获了众多鲜花与掌声。

《山河令》改编自小说《天涯客》,小说有 29.26 万余字,共 78 章,从 2010 年 10 月连载至 2011 年 1 月。收藏 34.34 万余次,评论有 6.8 万余条,完结评分为 9.9 分。

从收藏和评论的数量来看,《天涯客》的数据低于《镇魂》和《有匪》。从完结年份来看,《天涯客》完结于 2011 年,远早于《镇魂》与《有匪》,作品成熟度较后两篇作品也略有不足。然而《山河令》却是 Priest 小说改编的三部作品中最受观众欢迎的。

《山河令》的豆瓣评分是 8.6 分。这个分数不仅是三部作品中的最高分,也是豆瓣评分标准的佳片水准。尽管以笔者之见,8.6 分多少有市场精品剧作不足、观众报复性打分导致虚高的成分,但也由此可见,《山河令》相较前两部,更为准确地摸到了观众的"脉门"。

《山河令》于 2021 年 2 月 22 日在优酷平台独播,共 36 集,截至笔者撰稿之日不足一个月。其间观众给出的反馈多为赞誉之词,甚至为了解读因过审而更改的台词,掀起了"唇语学"热潮。

除了两位主角外,编剧将原作番外中两位配角的爱情线改编进正片中,也获得了广大观众的认可。

当然,本剧的改编也并非全无问题。

首先,第一集的节奏过于缓慢,且对后续发展并无助益。而编剧对周子舒这一角色的内在逻辑并未领会贯通,仅仅拿来了皮毛,甚至为了讨好观众,将素不相识的两位主角改成了青梅竹马的设定,导致呈现在观众面前的周子舒相较于温客行而言弱势许多,引起部分原著读者的不满。

　　其次,2021年3月初,新浪微博上出现了以"小初Nada别偷了"为主题、讨伐编剧"@小初Nada"的内容。其核心直指改编剧在改编《天涯客》的时候,将Priest的另一部作品《杀破狼》中的人物关系及核心剧情设定嫁接到了《山河令》中,引发一定范围内对编剧本人的诟病。

　　笔者经查阅得知,虽然《山河令》在优酷播放,《杀破狼》则由腾讯独播,但《杀破狼》和《天涯客》的影视改编权均属于慈文影视,因此在剧情改编上不存在影视版权纠纷。再考虑到《山河令》先于《杀破狼》播出,剧中杂糅《杀破狼》中的紫流金设定也可以解读为片方提前预热,或许不该被网友扣上"融梗""抄袭"之名。

　　然而这一争议也多少表明,剧作改编或许应当专注于原文本,而非以"致敬原作者"为由,肆意加入同一作者其他作品中的内容。

四、结　语

　　根据以上分析,我们可以得出以下结论。

　　第一,在原IP内容足够丰富的前提下,剧作改编应尽可能保留原有故事内容及人物关系,而非撇开原著自行创作,如《镇魂》中后期的单元剧情内容和《有翡》中的"海天一色"。在原IP

内容难以过审的情况下，编剧应寻找可替代的相近内容，而非自我感觉良好地大改特改，如将《镇魂》中的地府与诸神改为地星人、海星人设定，以及最后的喜剧改悲剧结尾。

第二，在原 IP 改编的过程中，应做到专注同一 IP，不要越俎代庖，将原作当成素材库，引发不必要的争议。

影视作品对网络小说改动的多少并不是判断改编优劣的标准，但通过对比，可以分析改编者对网络小说内容的修改和取舍，进而探究如何改编才更具有艺术性、才能赢得市场的认可。[①]盲目的市场投资在政府管控及市场自行调整下，已经进入理性调整期，网络 IP 改编泡沫渐退。[②] 希望网络文学 IP 改编可以逐步完善，坚持"内容为王"，影视市场投资得以健康、有序发展。

骨楂，网络文艺爱好者。

---

① 易文翔：《网络小说影视改编策略分析》，《长江文艺评论》2020 年第 2 期。

② 邢慧玲、周鸿、赵晓营：《网文 IP 电视剧改编的去泡沫化发展》，《新闻传播》2020 年第 10 期。

《致我们终将逝去的青春》：
从暖伤青春到物化青春

王金芝

　　电影《致我们终将逝去的青春》（下文简称《致青春》）由李樯编剧，关锦鹏监制，杨子姗、赵又廷、韩庚、江疏影主演。影片公映后最终以 7.26 亿元票房刷新国产青春片纪录，斩获第 50 届台湾电影金马奖最佳改编剧本，第 33 届香港电影金像奖最佳两岸华语电影，第 29 届中国电影金鸡奖最佳导演处女作，第 32 届大众电影百花奖最佳编剧（李樯），第 15 届中国电影华表奖优秀新人女演员奖（杨子姗）和优秀青年电影创作奖，第 8 届亚洲电影大奖（2014）最佳新演员（江疏影）等奖项。该影片改编自辛夷坞同名小说，该小说自 2007 年 4 月起连载于晋江文学城，2007年 8 月由朝华出版社出版。辛夷坞作为青春文学的领军人物，独创"暖伤青春"系列女性言情小说。电影《致青春》是一部在商业上获得成功、在社会上产生轰动效应的网络小说影视化影片，以青春为符号和卖点，将青春包装成一个有争议、有话题、吸人眼球的炫目商品，在网络小说和影视产业联姻的过程中，整合新媒体资源进行营销，并完成资本化操作。其中最引人注目的还是从体现辛夷坞创作特色的暖伤青春到物化青春的转化，其间感情基调的变奏、青春物化的残酷和揭示令人心惊，是当代社会思想意识层面最不容忽视的精神景观。

一、符号青春

和以爱情为主题的原著小说相比，电影《致青春》显然将重点放在了"青春"二字上，大大降低了林静（小说中郑微的男友，后与郑微结婚）的存在感，重点讲述了大学校园时期郑微宿舍四个女孩在爱情和友情中的不同遭际和选择，着重呈现了郑微和陈孝正之间针锋相对、你追我逃、精心算计的爱情，但细究起来，视听语言呈现出来的青春是完全符号化的，这种符号化主要体现在影片表现青春的方式上。影片中的"青春"仅仅局限在能够唤起人们青春记忆的某些场景及物品上，但是这些场景和物品宛如一个个符号，仅仅有将人们强硬拉回至某个青春记忆节点的作用。郁郁葱葱的法国梧桐，忙忙碌碌的新生报到，男同学根据相貌对女同学品头论足并相应给予不同态度，拥挤混乱的大学宿舍，全景展现的阶梯教室，人声嘈杂的大学饭堂，甚至影片中出现的《阮玲玉》电影海报、歌曲《红日》及山羊皮乐队，都着力打造已经逝去的时间和背景，以一座似是而非的校园及过去的一段时间触动人们追忆青春的心绪。

"青春"一词，代表着过去的一段时空，包含时间和空间。"在文学中的艺术时空体里，空间和时间标志融合在一个被认识了的具体的整体中。时间在这里浓缩、凝聚，变成艺术上可见的东西；空间则趋向紧张，被卷入时间、情节、历史的运动之中。时间的标志要展现在空间里,而空间则要通过时间来理解和衡量。"①影片将空间选定在大学校园,这所校园的取景地有东南大学涌泉池、大礼堂;阮莞在南京理工大学二号路骑自行车;郑微和陈孝正在南京大学北大楼及操场旁的阶梯上吵架,在河海大学图书馆旋转楼梯上恋情进一步发展,在南京航空航天大学 B7 宿舍楼旁的水杉林心潮涌动……一个个镜头仿佛是"凝视",这种"凝视"和展现不是中性的,而是将被"凝视"和展现的事物定格,截取其历史、社会及文化意义。2012 年(该影片拍摄时间)的大学校园在镜头的呈现下,画面和色调温暖而明亮,着力营造怀旧氛围,但是画面呈现的历史时空并不一致。不管是阶梯教室、图书馆、逃课、恋爱、社团、兼职还是毕业餐,都是大学校园的标配,这些常用的校园符号能够将观众拉回到大学校园。"国营羊绒衫针织店"的招牌和"热烈庆祝十二大召开"的横幅将时间定格于 20 世纪 80 年代;阮莞和赵世永喜爱的山羊皮乐队,郑微在学校联欢会上演唱而引发全体同学不自觉跟唱的《红日》,电视剧《新白娘子传奇》《阮玲玉》的电影海报,老师上课前响成一片的 BP 机将时间定格在 20 世纪 90 年代;阮莞藏在宿舍的罐装青岛啤酒、毕业季拥挤而忙碌的人才市场,又将时间推后至 21 世纪初期。在同一空间(大学校园),从开学到毕业的时间跨度至少 30 年,这种混乱的时间跨度破坏了影片艺术表达的时间定位,使整部影片呈现出一种不确定的时间状态。我们不知道,这到底是"60 后"的青春,"70 后"的青春抑或"80 后"的青春?这样没有确切指向的青春只能是一种符号,一种经不起推敲的仅供

① 巴赫金:《巴赫金全集·第 3 卷》,钱中文译,河北教育出版社 1998 年版,第 274—275 页。

观众缅怀的"空心"青春，在艺术上存在重大缺陷。但这却丝毫不影响其商业价值，因为不管是"60后""70后"或者是"80后"，都能在影院中找到自己熟悉的"青春"记忆。这部影片仿佛是一个叫作"青春"的商品，商品的包装盒花花绿绿，我们看不清楚它的年份，但是已经失掉青春的人总是忍不住驻足回望，还在青春期的人也忍不住驻足观望，因为"青春"二字足以刺激人们的神经，大家以为买到它就能追忆、追溯青春岁月，激发内心无处安放的怀旧心绪。这也是一种符号化的"青春"。

二、物化青春

小说《致青春》作为一部暖伤风格的女性言情小说，必然以"爱情"为最后的旨归。林静因为其父和郑微母亲之间的婚外情而选择出国留学逃避，终止了他和郑微在大学见的约定。郑微和陈孝正开启了一段美好的大学校园恋情，然而两人家庭背景不同，性格不同，始终隐藏着情感危机。在毕业的时候，危机终于爆发，陈孝正决定以和郑微分手的代价接受公费留学的名额，出国深造；回国后又以和公司高层之女订婚的代价换来在公司的上位。郑微历经恋人背叛、好友（阮莞）去世的打击，心灰意冷，如坠冰窟。林静归国后重新追求郑微，以坚持不懈地追求和爱护之"暖"挽回郑微备受青春和爱情打击之心，最终林静和郑微终成眷属。小说有"暖"有"伤"，在情节设置上对林静和郑微之间的恋爱浓墨重彩，而陈孝正和郑微的校园恋以回忆的方式插叙，"暖"大于"伤"，既怀念大学时代青涩、美好却最终离别的爱情和青春，又沉湎于工作后另一段爱情的包容和宠爱。在小说里林静是郑微的初恋也是最终的归宿，陈孝正只是郑微一毕业就分手的前男友。《致青春》从小说到电影的改编，时空和情节、人物和表达的重点都发生了变化。小说文本的时空以"80后"都市生活为主，电影则融合了"60后""70后"和"80后"的校园生活。相应地，小说和影片的讲述重点也出现了偏差。小说稍显冷峻的笔触不回避身处贫困做出的残忍选择（陈孝正迫于寡母的期望和自己向上爬的野心而选择了放弃郑微）、职场的尔虞我诈（郑微公司高层之间微妙的平衡）、社会底层人们的无望（家境贫寒者老张压抑和隐藏自己对阮莞的爱慕，在阮莞生前匿名送花、阮莞死后在墓前吐露真情）及错爱却执迷不悟（阮莞对一个毫无担当的小男人的错爱）或总是未被所爱选择的心底冰凉（郑微先后遭遇父母离异、被林静和陈孝正抛弃），重点呈现的却是在一片荒凉和绝望之中，郑微终于等到了林静的回头和坚守，这份暖意在"荒凉和绝望"之中更显难得和珍贵。影片的叙事和呈现重在校园生活，都市职场仅仅是校园的一个无足轻重的尾巴，而林静在影片中成为配角和符号，陈孝正由小说中的配角变身为男主角。

电影是一种时空艺术。影片重点呈现青春时光，抽去林静之"暖"，只剩下陈孝正之"伤"，这种情感基调变化的原因在于影片所呈现的物化青春。在《致青春》所着力营造的"青春校园"空间里，存在着非常严重的等级制度，并且这等级是按照金钱和美貌来划分的。郑微、许开阳是别于以往文学及影视人物形象的大学生形象，他们最突出的特征是"张扬"。郑微的"张扬"主要表现在对待爱情的态度上，遭遇林静的不辞而别，她表示"一个林静倒下来，千千万万个林静站起来"。遇到性格孤僻、对她不屑一顾的陈孝正，她无所顾忌、毫不在意别人感受地追求、极尽折腾之能事。之所以能如此，恰如郑微的一句台词，"天生丽质，爹妈给的"。而其貌不扬的同学，比如影片开场提着两个笨重行李箱、戴着厚重眼镜和牙套的矮小瘦弱女同学无人问津，在迎新现场的男生无人愿意伸手帮忙；而天生丽质的阮莞和郑微出场，总是万众瞩目，无数男同学献殷勤。许开阳的"张扬"主要表现在"金钱"方面，他在学校飞扬跋扈、颐指气使，因为他有钱请同学出去开小灶，送同学昂贵礼物，介绍兼职工作等，而没钱的老张明明喜欢阮莞只能以暗恋的立场偷偷送花，自认为没资格表白。小胖言语中表露出想追求阮莞的心意便遭到许开阳和老张的鄙视。朱小北因贫穷在学校小卖部买方便面被诬陷偷盗，无奈退学，最终改名换姓开启另一段生涯。黎维娟自认为来自小县城的她和陈孝正没有谈恋爱的权利，只能努力学习，以换取一块通向金钱的"敲门砖"，所以她斩断和在补习班认识却未能考取大学的前男友之间的一切联系，待价而沽。而家境贫困的陈孝正负担着母亲唯一的希望，必须小心翼翼地建造自己未来人生的大楼，不能有一丝误差，爱情、婚姻都是其通往成功的砝码。在成功和爱人之间，毫不犹豫抛弃爱情选择成功，哪怕成为自己最厌恶的那种人，也义无反顾。在影片《致青春》的大学校园里，有的只是翘课、退学、性，师生、同学之间的关系早已装进导演根据权势、金钱和美貌而设定的等级和规则中，每个人都在自己现有的位置斤斤计较，上位者不屑于学习，抽烟、喝酒、打牌、恋爱，鄙视下位者，下位者心无旁骛地学习、算计，仅仅为了得到上位的通行证，哪怕拿自己的一切交换。这仅仅是一座校园吗？这更是一个秩序井然的算计小社会。这仅仅是青葱岁月的学生吗？这更是一群被金钱和利益物化的人。"当商品关系变为一种具有'幽灵般的对象性'的物，这不会停止在满足需要的各种对象向商品的转化上。它在人的整个意识上留下它的印记：它的特性和能力不再同人的有机统一相联系,而是表现为人'占有'和'出卖'的一些'物',像外部世界的各种不同对象一样。"①影片以明显畸形的物化消解小说中尚存的一丝"暖意",在其扭曲的时空中,每个人都和一个叫"物化"的魔鬼签订了一份契约,魔鬼满足他们对于权势、金钱和利益的需求和欲望,只要求他们出卖灵魂、爱情、自尊、美貌、姓名和身体,他们也像浮士德一样呐喊,"你真美啊,请停一停",妄想青春不朽,但是这群浅薄的被物化的人,没有浮士德一样的雄心壮志,眼睛里看不到祖国、山川、河流,只能将人生的目标设置成安逸、金钱、权势,已经得到的渴望不朽,尚未得到的汲汲钻营,当这些人眼中只有名利的时候,必然将人与人之间的关系置换为物与物之间的关系。他们是一群物化的人,他们大学校园式的青春更是一段物化的青春。影片《致青春》说到底只是一部带有青春符号的物化青春片。

影片《致青春》只是将青春视作一个符号,置换成一段校园时光,郑微、阮莞、许开阳、老张等缅怀的只是青春的虚壳,真正的青春早已被他们抛弃。更可怕的是影片对物化青春的推崇,对其貌不扬、肥胖、丑陋、贫穷和匮乏的无情嘲讽,肥胖者不配拥有爱情,其貌不扬者不配得到帮助,贫穷者只能接受层层盘问和搜身,稍有自尊者面临着被退学的局面,出卖爱情和婚姻者得到众人的羡慕,而没有成功的老张只能在阮莞死后在其墓前偷偷摸摸表白。影片将金钱和美貌设定为衡量人的一把尺子,拥有者便拥有了世界,不管是沉迷于一个无担当的小男人还是对一个汲汲钻营的自私男人死缠烂打都值得大书特书,因为阮莞和

① 卢卡奇:《历史与阶级意识——关于马克思主义辩证法的研究》,杜章智、任立、燕宏远译,商务印书馆 1992 年版,第 164 页。

郑微美貌。在《致青春》影片营造的特殊时空里,拥有金钱者可以蔑视,拥有美貌者可以无礼,金钱和美貌是"权"和"钱"的通行证。尽管陈孝正通过出卖爱情和自己获得了一切,活成了连自己都嫌弃的模样,可是当他站在开阔的高层写字楼,镜头随着他的眼睛望向下面熙熙攘攘的人群,他仿佛是一个胜出者,一个"天下熙熙皆为利来,天下攘攘皆为利往"的世界的胜出者,镜头语言显示出来的只是胜利之姿,而无后悔之态。因此,影片的价值观也是物化的,它以镜头语言告诉观众,这是一个物化世界,拥有金钱和美貌的人才有资格站在高处,而一无所有者注定在角落里默默哭泣,而不配拥有哪怕一丝一毫的同情和善意。影片《致青春》的价值观扭曲,是物化的奴隶,放弃了艺术起码的立场和站位。更可怕的是,观众接受这种立场和站位,7.26亿元的票房让这部徒有其表的"青春"片再度烈火烹油、鲜花着锦。

三、营销青春

影片《致青春》上映首日票房4650万元,在同档期上映的中外影片中胜出,最终以7.26亿元刷新国产青春片票房纪录。影片《致青春》的高票房并不是其艺术价值的标志,而是新媒体融合时代网络营销的成功。约翰·布洛克曼指出:"互动性让身为内容创作者的你,能够和其他内容建立起关联,把你的东西摆在别人的作品中,加深你的分析和情景与其他人的关联,也让你对发表的分析有联想性(因此也较深入)的了解……网络真正的力量在于互动性,因为互动性创造了社区并且联合全社区内的使用者。互动性让人们对作品、主题、趋势和当中的想法产生兴趣,同时让作品有生命,不断进化,维持使用者的参与程度。"①网络的互动性,使得网络小说、演员、歌手、媒体人等一切产生粉丝的个体或者组织,衍生出各自的粉丝群,创造出社区,互相交织和影响。小说《致青春》的影视化将新媒体营销发挥到了极致。作为国内暖伤风格言情网络作家的代表,辛夷坞人气很高,微博粉丝134万,小说《致青春》出版后,多次再版,销量多达300万册。作为辛夷坞的代表作,和同期的《何以笙箫默》(顾漫)、《佳期如梦》(匪我思存)等小说一样,在线上线下积累了超高人气。韩庚在剧中扮演林静,虽然戏份很少,但是"庚饭"(韩庚粉丝)团购影票、应援偶像,可谓尽心尽力。此外,王菲的主题曲,韩红的参演,杨澜的"打酱油",整合各方粉丝力量,挖掘粉丝经济潜力,可谓登峰造极。

电视节目、微博等新老媒体营销,制造话题,抢占热点。早在电影开机之前,《致青春》官方微博已经上线(2012年3月2日),发布电影信息,积累粉丝受众;发动微博大V进行宣传,将潜在目标用户最大化。"致青春"成为人们茶余饭后热议的话题,在新浪微博上,该话题连续几日居热度值榜榜首。在手机游戏中营销,吸引游戏粉丝关注电影。网络的互动性有着巨大的影响力,在影片铺天盖地的宣传攻势下,影片大卖,小说、文化衫等热销。"光线传媒(300251)发布公告称《致青春》票房已超过5.2亿元,超过公司最近一个会计年度经审计营业收入的50%。公告一出,光线传媒股价瞬间拉至涨停。截至昨日收盘,光线股价报30.66元/股,较4月12日除权后的18.78元/股上涨了

---

① 约翰·布洛克曼:《未来英雄》,汪仲等译,海南出版社1998年版,第243页。

63.26%。"[①]在资本的裹挟下,影片《致青春》完成了名为"青春"的商品制造,充分挖掘该商品的潜在用户,做好商品营销,相较于艺术影片更是一个商品。

不管影片《致青春》是否将"物化""绝望"演绎到极致,也抛开其只呈现而不揭露的暧昧态度,仅仅从改编上考量,无疑是成功的。编剧李樯一改原著小说灰暗和绝望的笔触,在情节、人物和呈现重点上都进行了调整和改编,变成了另一种情感基调的故事,和小说文本"对峙",取得了独立的故事姿态。安德烈·塔可夫斯基(Andrei Tarkovsky)指出:"每种艺术形式都依赖其自身的特定规律。人们经常把电影的特定模式与文学并读。在我们看来,重要的是尽可能充分地探讨、揭示电影和文学的互动,这样,这二者才能最终分开,不再混淆。"[②]影片《致青春》改编的成功之处,恰恰在于形成了一个和原著小说截然不同的感情基调、叙事方式、人物形象和价值观念,二者"最终分开,不再混淆"。虽然我不认同这种物化的价值观念,但是无法否认改编的成功。

王金芝,广东省网络文学创作委员会委员,《粤港澳大湾区文学评论》编辑。

---

① 陈妍妍:《〈致青春〉上映 12 日票房 5.2 亿 光线收益或达 4300 万元》,《证券日报》2013 年 5 月 9 日。

② 庞红梅:《论文学与电影》,人民日报出版社 2016 年版,第 41 页。